のぼうの城

和田 竜　Ryo Wada

オリジナル脚本完全版

のぼうの城　オリジナル脚本完全版

和田竜

はじめに

脚本→小説、そして映画化まで

小説『のぼうの城』を読まれた多くの方は、このお話が一から小説として書かれたものだと認識されていると思います。

これまでインタビューやエッセイなどで度々、述べてきたことですが、実はこの小説はもともと脚本でした。念のため言っておきますと、脚本も僕が書いたものです。その脚本をベースとして執筆したのが、『のぼうの城』という小説です。

脚本の小説化は、偶発的というか苦肉の策というか、そんなことから始まっています。小説が出版された2007年11月からさかのぼること約4年の2003年12月、元ネタとなる脚本は、「城戸賞」という新人シナリオのコンクールに通りました。

脚本のときには題名も異なり、『忍ぶの城』というタイトルでした。題材となった「忍《おし》城」が籠城《ろうじょう》戦に「耐え忍ぶ」というところから、こう名付けました。のちに、小説を出版する際、

「あまりに歴史歴史し過ぎて、固い」

という理由から改題しましたが、今は、この小説版の題名の丸っこい柔らかな印象が気に入っています。

さて、脚本版『のぼうの城』は城戸賞を受賞しましたが、予算を度外視した内容から、映画プロデューサーのほとんど全部が、映像化に二の足を踏みました。

「この脚本は実に面白い。でも製作費がね……。で、ほかの題材の話なんだけど」

と、別の脚本執筆を依頼してくるというのが、当時知り合った方々のパターンでした。

そんな中、無謀にも映画化に名乗りを上げたのが、『ジョゼと虎と魚たち』や『NANA』、最近では『るろうに剣心』などで知られる久保田修プロデューサーでした。2004年6月のことです。

この当時、僕は製作費の巨大さに対して実感が全然ありません。

「面白いなら、お客さんだって入るだろう。それなら大金をかけたって問題ないじゃないか」

そのぐらいにしか思っていませんでした。

面白さには充分の自信があったので、可能な限りリスクを避けようとするプロデューサーたちの姿勢に少なからず反感を抱いていたものです。久保田プロデューサーが名乗りを上げてくれた時も、

「やっと話の分かるプロデューサーが出て来てくれたか」

と思った程度でした。

世の中そんなに甘くないと痛感したのは、久保田プロデューサーの塗炭の苦しみを垣間《かいま》見てからです。

ご存知の通り、最近の映画は、ベストセラー小説や漫画を原作にしたものがほとんどです。久保田プロデューサーが映画への出資者を募り始めた時点では、小説『のぼうの城』は存在せず、ド新人が書いた脚本があるだけでした。内容は確かに面白いかも知れませんが、市場には出ておらず、従ってファンも確保していないのでは、どれだけの人を劇場に呼べるか保証しようがありません。久保田プロデューサーが口説いたところで、出資者が渋るのも当然でした。

そこで、久保田プロデューサーは、奇策に出ます。

それが、脚本の小説化でした。

脚本を書いていた僕に、久保田プロデューサーは、なぜか小説執筆を依頼して来ます。僕は、即座に応諾したつもりでいましたが、メモ魔の久保田プロデューサーによると、数日考えてから「やります」と僕は返答したそうです。2006年の1月のことでした。

幸い小説は無名の新人の作品にもかかわらず、多くの書店員さんが押してくれ、いくつかの文学賞にも候補にしてもらい（落っこちましたが）、読者も当初の見込みをはるかに超えて増え続けました。映画化の必須条件であるベストセラーの仲間入りをしたわけです。

そんなことも一助となり、映画化はついに実現します。言うまでもなく、それが2012年11月公開予定の映画『のぼうの城』です。久保田プロデューサーが映画化に名乗りを上げてから、実に8年の歳月が経過したことになります。

繰り返すようですが、映画『のぼうの城』は、ベストセラーがあるから映画化してみよう、という安直な思い付きから生じたものではありません。これまでお話ししてきた通り、まず脚本に惚《ほ》れ込んでくれた久保田プロデューサーの無謀とも言える挑戦から始まったものでした。

この映画はそんな映画なのだということを、この本の読者の皆さんには知っておいてもらいたいと思います。そして、そんなたった一人の心意気が映画の画面として生き生きと浮かび上がってくることを、これから映画をご覧になる方には実感してもらいたいと思います。

この脚本について

今回出版する『脚本「のぼうの城」』は、前述した城戸賞を受賞した際のオリジナル版です。

映画化に当たっては、数年間にわたり久保田プロデューサーほか、犬童一心、樋口真嗣両監督らと打ち合わせの上、オリジナル版を一部カットおよび改変しました。

理由は、オリジナル版をそのまま映画化すると、4時間近い超長編映画になること、後は残念ながら予算の関係です。いいかげんに作るなら別ですが、中世城郭である忍城をまじめに再現し、鑑賞に足る映画を作るためには、総額15億円（宣伝費含む）という予算でも追い付きませんでした。

長い映画は僕も好みではありません。オリジナルの脚本を書いた時点では、2時間半ぐらいかと楽観していましたが、全然違いました。脚本をカットしてようやく2時間半弱に収まったという次第です。

従って、映画の撮影に使用したシナリオは、このオリジナル版より短い、ということになります。

カットや改変に当たって、僕は監督やプロデューサーに対し相当不遜《ふそん》なことを言ってきたと思います。僕にとっては初めての映画化作品になるかも知れず、頭に血も昇っており、

「自分のビジョンは絶対に崩さない」

との姿勢で、打ち合わせには望んでいました。カットや改変に対する各位の要望は、僕の主旨に合わなければ頑として受け付けません。カットしたり改変した部分は、僕が納得、あるいは予算の関係で僕自身、苦渋の決断をした上で書き直したものです。

毎度、打ち合わせの前、

「理不尽な要求をされるなら、テーブルをひっくり返して帰る」

と我ながら滑稽な覚悟で、制作会社の戸を開いていたのを思い出します。

そんな思いが、僕にかなり失礼な言動をさせました。当時の僕は脚本家デビューもしていなければ、小説家でもない一介の会社員です（当時は、会社が終わってから打ち合わせに行っていました）。さぞかし腹立たしかったことでしょう。

後に久保田プロデューサーは、

「ド新人がなんでこんなに生意気でいられるんだ」

と面食らったと、どこかで洩《も》らしたほどでした。

ですが、プロデューサー始め両監督は、僕の言い分に真摯《しんし》に向き合ってくれました。僕の意をきちんと汲《く》み取り、その上でさらに提案をし、それをさらに僕が考え、承諾したりしなかったりする、ということを繰り返してくれました。僕が「しばらく考える」と言えば、じっとそれを待ってくれました。ド素人の僕に、よくそんな姿勢で臨めたものだと今となっては驚くほかありません。

最近になって久保田プロデューサーが、

「監督も言っていたことだが、容易に改変を受け入れない和田くんの態度が却《かえ》って君を信頼させた」

という意味のことを言ってくれました。その言葉を聞きながら僕は、

「懐の深い皆さんでヨカった」

と冷や汗の出る思いで、自分がいかにラッキーだったかを痛感したものです。

阿呆なプロデューサーや監督に脚本をめちゃくちゃにされた挙句、できあがったものもまた阿呆という映画を皆さんも一度は観たことがあると思います。デビュー作で、久保田プロデューサーや犬童、樋口両監督に出会えた僕は実に幸運だったと思います。

打ち合わせの際の抜き差しならないやり取りは、僕にとってステキで貴重な財産となり

ました。この場を借りて、久保田プロデューサー、犬童、樋口両監督には御礼とお詫《わ》びを申し上げます。

脚本の読み方について

この本を手にして、実際に映画脚本を目にするのが初めてという方もいると思うので少々書いておきます。

脚本は映像化のための設計図です。ここに書かれた文言に従い、監督始め各スタッフの人たちが、自らの職分をこなしていきます。

そんな特性から、小説と違って脚本には、心理描写というものがありません。脚本は映像化の設計図である以上、具体的に目に見えるものだけしか書いてはならないということが原則なのです。

従って、

「○○は悲しく思った」

というト書きは脚本としては誤りです。

悲しい芝居をしろということだろうとも思われるでしょうが、正確には違います。「思う」ということは心の内のことで、映像にはならないからです。ここは書くとすれば、

「○○涙を流す」あるいは「○○は面を伏せた」などと書くのが一応の正解です。これならば具体的に何をして、何を撮影すればいいのか明らかです。

実はこの脚本版『のぼうの城』の中にも、こうした原則から外れたト書きがあるのですが、「ああ」とか「うむ」とかでは役者さんが何をしていいのか分かりにくかろうと思って、敢えて書いたものです。本来は誤りであることをご承知置きください。

ざっくりと脚本の構成要素について述べておきます。

「○　聚楽第《じゅらくだい》・廊下」

というのは、そのシーンが文字通り聚楽第の廊下であること示す「柱」と呼ばれる脚本の書式です。

正確にはカメラを置く位置なのですが、撮影方法によって全然変わってしまいます。単にその場所でセリフが交わされる程度に思ってください。

後は「セリフ」と「ト書き」でそのシーンは構成されるだけです。

ちなみにト書きは、

『太郎「(セリフ)」

　と走り出す。』

といったように、セリフの後に「と」が必ずと言っていいほど来るため、そう呼ばれます。なので、セリフの後に改行して「と○○する」というのが本来の姿ですが、この脚本の中では、例えば、三成「殿！（と秀吉の袴《はかま》をつかむ）」

　と言ったように、（　）の中にト書きを入れ込んでいる場合が散見できます。これは、僕が大ファンの山田太一先生がこうした手法を多く取っておられるからで、その影響だとお笑いください。

　このように、脚本は、「柱」と「セリフ」と「ト書き」で構成される、感情表現を排したはなはだ殺風景で、不親切な読み物です。

　ですが、ここは頑張って想像力を総動員してください。

　何しろ、映像化だけを目的にして書かれたものです。過去に観た映画やドラマを念頭に置きつつ、シーンが始まって、ト書きに書かれたその場の状況、続くセリフの抑揚、さらに別のシーンへの切り替えのタイミングを思い浮かべながら読み進んでください。そこまで脚本を書く人たちは考えています。そうすれば、たちまち一本の映画が脳内に刻み込まれることでしょう。ぼやっと読んでいては、その面白さの半分も汲み取れないのが、脚本という読み物です。

最後に

周知の通り、映画『のぼうの城』は、本来2011年9月に公開予定でしたが、同年3月11日に起こった東日本大震災で被災した方々の心情に鑑《かんが》み、2012年11月の公開へと延期しました。物語の中のクライマックスの一つである「水攻め」が描かれているのが要因でした。

この脚本を執筆したのは、2002年から2003年のことで、当然のことながら、将来起こる未曽有《みぞう》の災害など思いも寄りません。加えて、映画の中で描かれる「水攻め」も絵空事ではなく史実です。それから400年以上後の震災は映画に関係ないと言えば関係なく、水攻めのシーンも震災前には完成していましたが、試写で観た映画の中のそのシーンは、まるで、それを予見したかのようなものでした。

水攻めを作ったスタッフの皆さんの知力の結果でしたが、それがリアルであればあるだけ、被災された皆さんがどんな思いを抱かれるのか、容易に想像できるほどでした。僕は公開延期の判断には加わっていませんが、無理もないことだと思いました。

前述の通り、延期は1年余のものです。

ならば、

「1年経《た》てば、公開していいのかよ」

という議論が起こったとしても当然かと思います。

ですが、映画を最後まで観れば、公開に踏み切った意味がきっと分かると思います。

理由はラストにあります。脚本には書かれていませんでしたが、震災前には犬童、樋口両監督がそのシーンを入れると判断し、僕もそれを知ってはいました。

エンドロールの中でそれが盛り込まれると聞き、本編ではないこともあって、さほどの関心もなかったのですが、今になって振り返れば、このシーンこそが映画の重要なテーマの一つでした。

エンドクレジットが尽きるまでこの映画に目を凝らし続けていてください。必ず勇気と希望が湧《わ》き上がるはずです。

2012年7月25日　和田　竜

のぼうの城

オリジナル脚本

忍城側

成田長親（なりた・ながちか／45）
当主成田氏長の従兄弟、父泰季の死後城代に

正木丹波守利英（まさき・たんばのかみ・としひで／46）
成田家の侍大将。長親の幼馴染み

酒巻靭負（さかまき・ゆきえ／22）
成田家の侍大将

柴崎和泉守（しばさき・いずみのかみ／42）
成田家の侍大将

成田泰季（なりた・やすすえ／75）
長親の父

成田氏長（なりた・うじなが／49）
成田家の当主

珠（たま／34）
氏長の妻

甲斐姫（かいひめ／18）
氏長の娘

成田泰高（なりた・やすたか／40）
氏長の弟

忍城下の百姓たち

たへえ（58）
下忍村の村長

かぞう（28）
たへえの息子

ちよ（25）
かぞうの妻

かよ（4）
かぞうの娘

秀吉側

豊臣秀吉（とよとみ・ひでよし／53）

石田治部少輔三成（いしだ・じぶしょうゆう・みつなり／30）

秀吉旗下の武将

大谷刑部少輔吉継（おおたに・ぎょうぶしょうゆう・よしつぐ／31）

秀吉旗下の武将

長束大蔵少輔正家（なつか・おおくらしょうゆう・まさいえ／30）

秀吉旗下の武将

北条家側

北条氏政（ほうじょう・うじまさ／53）

小田原北条家当主

北条氏直（ほうじょう・うじなお／28）

氏政の息子

字幕　「この物語は、約四百年前の史実を元に構成した」

○　備中高松《びっちゅうたかまつ》の戦場

一人の小男が、三人の家臣を従えて悠然と高台に立ち、水田の中に屹立《きつりつ》する平城《ひらじろ》を見下ろしている。小男は羽柴秀吉（45）、従う三人は石田三成（22）、大谷吉継（23）、長束正家（22）である。

字幕　「天正十年（一五八二年）、備中高松」
三成　「殿、今一度申し上げまする。本陣にて御覧になられませ。危のうござる！」
秀吉　「堅いの佐吉は。崩れるかな？　紀之介」
吉継　「はて。しかし殿におってもらわねば、拙者は見所を見逃すことになりますな」
三成　「紀之介！　万一のことあらばどうする」
吉継　「崩れれば、わしが命に代えても殿の命は守る。案ずるな」
秀吉　「（大笑して）どうじゃ、正家は」
正家　「（余裕で）土俵にして七百六十万、米にして七万石、百姓町人で五万を投じたこの築堤は微動だに致しませぬ。ご安心を」
秀吉　「それじゃ！　この世で不動の力を発揮するは銭と見よ。おのれらにこれからそれを見せてやる」

息を大きく吸い込み、大音声《だいおんじょう》で「決壊させよ！」と、平城の背後に屏風《びょうぶ》のように広がる山に向かって叫ぶ秀吉。秀吉たちが立っていたのは高台ではなく、一里はある巨大な人工の堤防であった。秀吉に合わせて、堤防の上に立った数万の兵が鬨《とき》の声を上げる。

山が秀吉と兵の声を吸い込むと一瞬の静寂となる。

大音声に呼応して山中から轟音《ごうおん》が響いたかと思うと、大量の水が山から噴出する。

秀吉「来たぞ！（と兵たちに叫ぶ）」

喝采を上げる堤防の上の兵たち。

大水はみるみる平城に迫り、土塁を洗い城塀をなぎ倒して、堤防に迫る。

三成「殿！（と秀吉の袴《はかま》をつかむ）」

秀吉「（大水に挑むように立っている）」

急速に接近して堤防に激突する大水。堤防の到る所で飛沫《しぶき》が上がる。

水飛沫を浴びて、歓声を上げる秀吉。

袴をつかんだまま顔を伏せて固まっている三成。秀吉の身体を抱きかかえて押さえる吉継。正家は一人しゃがみこんでいる。

秀吉「佐吉、佐吉！　何をしておる。見よ！」

三成　「（城を見てあっと驚愕《きょうがく》し、立ち上がる）」
　　一面に人工の湖が出現している。平城は地勢が高い本丸を残して、水没している。
三成　「紀之介、殿は天下をお取りなさるぞ」
吉継　「馬鹿者！　織田右大臣様のお耳に入ればただでは済まぬぞ」
三成　「俺もこんな戦《いくさ》がしたい。俺もこんな壮大かつ豪気な戦がしてみたい！」
　　三成、秀吉の如《ごと》く悠然と立っている。

○　聚楽第《じゅらくだい》・廊下
　　侍たちが平伏する中、黄金の衣裳《いしょう》をまとった秀吉が来る。従う三成、吉継、正家。
字幕　「八年後・天正十八年、京・聚楽第」

○　同・大広間
　　一斉に平伏する数十人の武将。
　　上段の間に秀吉。三成らは上段脇に着座。

三成　「関白家は天下安寧のため三月一日をもって小田原北条家追討の軍勢を発する。時期を見、諸将は御国を発《た》たれよ。くれぐれも遅参なき様。前田筑前守《ちくぜんのかみ》殿は上杉越後守《えちごのかみ》殿と北陸道から攻められませ」
前田利家「応」
三成　「徳川内府殿は東海道を。海上は九鬼大隅守《おおすみのかみ》殿が進まれよ」
大広間の各所から「応」の声。
武将1「(馬鹿にして) 殿下、治部少輔殿は、また後方を固めるのでござりますかな」
秀吉　「佐吉には一手の大将を任せる」
三成　「(えっ、と秀吉を見る)」
秀吉　「佐吉には二万の兵を与え、北条旗下の支城を攻めさせる。わかったか弥兵衛」
武将1「はっ (と平伏する)」
秀吉　「ならばよし！　委細は家老を発し、これなる石田治部少輔三成、大谷刑部少輔吉継、長束大蔵少輔正家と打ち合わせよ」
三人軽く会釈。
立ち上がって大広間を出る秀吉に従う三成と吉継と正家。諸将は一斉に平伏する。

○　同・控えの間

秀吉　「よいか（と蒔絵《まきえ》箱を開けて絵地図を取り出しながら）おのれらはわしと小田原まで行き、そこから上州館林《たてばやし》城に攻め入りこれを落とせ。落とせば次に武州忍《おし》城を攻め、これを叩《たた》き潰《つぶ》せ」

三成・吉継・正家「御意」

秀吉　「佐竹家、多賀谷家、宇都宮家ら合力の将を加えた二万の軍勢を佐吉に預ける」

三成　「しかし館林城は二千騎、忍城に至ってはわずか千騎の兵力では」

秀吉　「二万など多いか？　このような田舎城の兵数などよう覚えておったな。佐吉よ、いつまでも三献茶の男などと、武断派の弥兵衛や虎之助らに呼ばせておってはならん。石田三成に武勇ありと世間に示せ。さすれば連中も佐吉を重んじ、豊臣家も一つにまとまる」

三成　「御意」

秀吉　「（大笑して）案ずるな、所詮《しょせん》は田舎城よ。二万の軍勢を見ただけで腰を抜かすわい（と絵地図を広げ）これが館林城じゃ」

通常の平城である。

吉継　「ほう（と絵地図を覗《のぞ》き込む）」

秀吉　「（地図を広げ）そしてこれが、忍城じゃ」

正家　「あっ」

吉継　「なんじゃこりゃ」
三成　「……湖に城が浮かんでおる」
秀吉　「浮き城とも言うそうな。本当に水に浮くか試してみるか」
　その忍城の絵地図。湖の中に点在する島を要塞化《ようさいか》した城郭だ。島々は連結しており、湖の中央部に本丸、二の丸、三の丸の島。それを囲んで武家屋敷と城下町の島々が配置されている。出入り口は七箇所しかなく、城外は一面田圃《たんぼ》である。
字幕　「備中高松の水攻めから八年後、織田信長の天下統一事業を継承した豊臣秀吉は、統一を阻《はば》む最後の勢力で関東一円を支配する小田原北条氏攻略のため、全国の大名に陣触れを発した。秀吉は小田原本城を包囲する一方、関東一円に配置された北条旗下の支城の一掃を下知《げち》。武州北部（現在の埼玉県）に位置する成田氏の居城、忍城も秀吉の攻撃目標に定められた」
タイトル　『忍ぶの城』
○　忍城の全景
　絵地図の忍城が現実のものとなる。湖上の島々には広葉樹が生い茂り一面の緑。城外の土地には麦が生い茂りこれも一面の緑である。建物は、城下町と武家屋敷を除いては、広葉樹に隠れて見えない。

その城下町を一頭の馬が疾走する。

○ 忍城城下町の道（早朝）
町家が建ち並ぶ一本道を正木丹波守利英（46）が馬で疾走する。
丹波「（左右を見て）どこいったあの馬鹿者は」
城塀に突き当たるので、左に折れる丹波。

○ 長野口内
左に曲がった丹波が城塀を右手に見ながら疾走すると、前方に城外に向かって扇形に城塀で模《かたど》られた小空間が見えてくる。門を備えたこの空間が長野口である。
丹波「（来て門番に）長親は通らなんだか！」
門番「のぼう様でござるか？　はて、この長野口は通ってはおられませぬが」
丹波「（馬を下りて、門を出て外を見る）」

長野口のすぐ外には十間（約18メートル）程度の川（忍川）が流れており、
橋がかかっている。その先は一面の麦畑。

丹波「（馬に乗って）邪魔したな！　あの馬鹿が来たら、本丸まで知らせよ（と戻る）」

○　大手門前の道

右手に湖面を見ながら疾走する丹波。
左手の視界を過ぎ去る城外の麦畑には百姓の姿のみ。視線を右手に戻すと、
大手門（外側）が見えてくる。

丹波「（門番に）長親は戻ってはおらぬか！」
門番「のぼう様はお出になったきり大手門には戻っておられませぬ！」
丹波「（大手門前を駆け抜けながら）どいつもこいつも、御屋形様の従兄弟《いとこ》をのぼう、のぼうと（前方を見ると寺が見える。門前で掃除する老僧を見付け）和尚《おしょう》、和尚！（と馬を止める）」
和尚「朝っぱらから騒がしいな、和尚和尚と言わずともわしが清善寺の和尚だということくらい承知しておる」
丹波「方便はよい。長親を知らぬか」
和尚「のぼうか、知らんな。それより丹波、高僧に向かい馬上より物を言うとは何事

丹波　じゃ。正木のガキ大将も偉くなったもんじゃの」
和尚　「へいへい（と馬を降りながら）高僧なんてご大層なもんだったか」
丹波　「昔のように箒《ほうき》で頭ぶっ叩いてやろうか」
和尚　「う。しかし和尚も長親をのぼうのぼうと呼んでもらっては困る。仮にも城主成田氏長様の従兄弟ぞ」
丹波　「でく、を付けんだけありがたいと思え」
和尚　「口ではかなわんな（と馬に乗り走らせる）」
丹波　「今日は下忍《しもおし》村総出で、たへえ爺の麦踏みを手伝うはずじゃ。そこじゃろう」
和尚　「（来た道を行きつつ）和尚礼を言うぞ！」
　　　「礼を言うなら盗んだ柿の礼を言え！」

○　佐間口付近

　　湖と城塀に挟まれた城道を疾走する丹波。前方を見ると、道は城塀に挟まれる形になり、その先に土塁と城塀で四角形に模られた出丸が見えてくる。櫓《やぐら》を備えた出丸が佐間口である。城内側の入り口から入る丹波、佐間口の空間を疾走し、城外に通じる門から外に飛び出す。

丹波　「（門番に）佐間口の者共苦労、正木丹波通るぞ！」

○　佐間口外・田の中のあぜ道

佐間口を出た丹波が右手に城を見ながら青々と広がる二毛作の麦畑の道を走る。

○　忍城下の下忍村の麦畑

数十人の百姓の男女が唄《うた》を歌いながら一列になって麦をどんどん踏んでいく。

その様子をあぜ道からしゃがんで見つめている成田長親（45）。

麦を踏む百姓の中に、たへえ（58）と、たへえの息子・かぞう（28）、かぞうの女房・ちよ（25）。

たへえ「（隣の畝《うね》のちよに）ちよ、目を合わせてはならん。かまえて目を合わすな」

ちよ「わかっております」

かぞう「（怒ったように）いいじゃねえか、侍が手伝うってならこき使ってやりゃあ」

たへえ「かぞう、何を言う！　去年、長野村が田植えを手伝われ三日かけて植え直したのを知っておろうが」

ちよ　「不器用ですから、のぼう様は（と笑う）」

たへえ　「笑い事じゃない！　よりによってわしの畑に手伝いに来るとは……」

百姓の列をつまらなそうに見ている長親。

かぞうの娘・かよ（4）「おい（とあぜ道にいて長親に声をかける）」

長親　「ん？（と顔を上げる）」

かよ　「お侍、やることがないならそんなとこにしゃがんでないで、手伝え」

たへえ　「（手を止めその様子を見て）ああー」

ちよ　「（小さく）かよ！」

長親　「（有頂天で）そうか？　そう言われるとな、手伝わないとな」

かよ　「ぶつぶつ言ってないでこっちにこい」

かよに手を引かれ、たへえの隣に来る長親。

たへえ　「のぼう様もったいない、城主一門様に麦踏みなどめっそうもありませぬ」

長親　「いいよ、いいよ。遠慮するな」

かよ　「（長親に）じゃあ頼んだぞ（自分の畝に）」

たへえ　「（かよをうらめしく見て）せえの！」

麦踏みを再開する百姓たち。

長親　「（楽しく労働するが、不器用）」

たへえ　「（長親を見て深いため息）」

かよ　「(長親のところに来て) お侍」
長親　「ん?」
かよ　「まじめにやれ」
長親　「無論まじめにやっておる」
かよ　「オレのようにできんのか、ああやるんじゃほれ (と踏んだ麦を見せる)」
長親　「(自分の踏んだ跡と見比べて) うむ」
たへえ　「のぼう様、お願いがござりまする」
長親　「お、何でも言うてくれ」
たへえ　「やめてくれ」
長親　「(肩を落とし) ああ…そう」
ちよ　「百姓はのぼう様に見られるだけでうれしいのでござりますよ (と元気づける)」
長親　「ああ…そう (ととぼとぼとあぜ道へ)」
かぞう　「まったく、手伝うならちゃんと手伝ってほしいものじゃ!」
たへえ　「(かぞうに) こら!」
長親　「(怒りもせず) まったく面目ない」

手を休めた百姓たち、あぜ道に戻る長親の後ろ姿をすまなそうに見つめている。

そのあぜ道に丹波の馬が来る。

丹波　「長親！（と百姓に）よい、続けよ！」
長親　「なんじゃ丹波か、どうした」
丹波　「どうしたではない！　小田原北条家の使者が参っておる。早々に登城せよと御屋形様のお達しじゃ、乗れ」
長親　「うん（が馬に乗れない）」
丹波　「（長親を馬上に引き上げ、自分の前に乗せ）邪魔したな！（と馬を走らせる）」
ちよ　「あれで幼きころからの友垣《ともがき》とはなあ」
たへえ　「（見送りながら）やはり小田原で戦という噂《うわさ》はまことであったか」

○　麦畑の中のあぜ道

長親と丹波を乗せた馬が走る。

長親　「なにしに来た、小田原は」
丹波　「何を申しておる！　北条家に加勢するよう御屋形様に迫りに来おったのだ」

前方に堀を隔てて城塀と門が見えてくる。
下忍口である。城塀の先は三の丸の森。
下忍口に突入する丹波の馬。

丹波　「（堀にかかる橋を渡って門番に）下忍口の者共苦労、成田長親と正木丹波通る！」
門番「（見送って）また探されておったのか、のぼう様は」

○　忍城下忍口内
蔵と半鐘櫓が点在する三の丸の森の中を疾走する丹波の馬。櫓を過ぎた時、突如無人の馬が後方から迫ってくる。振り向く丹波。迫る馬の死角からすばやく現れる、酒巻靭負（22）。木刀を横殴りに振って丹波に襲い掛かる。
丹波「小僧！（と危うく避《よ》ける）」
長親「（丹波が避けた木刀が当たる）痛！」
靭負「いけね！　丹波殿お先に（と先に行く）」
丹波「靭負、馬鹿者！」

○　二の丸と本丸を繋《つな》ぐ橋付近
城塀で縁取った二の丸の島と本丸の島を橋が結んでいる。本丸の方が土塁で地勢が高い。
丹波「（橋を渡りつつ門番に）本丸の者共苦労！」

○　本丸の居館・表

森の中の館である。玄関の表で馬を降りて待っている靭負。

丹波「(来て馬上から) このくそ火急の時に何を遊んでおる！」

靭負「すきあらば襲えと言ったのは正木の爺様の方じゃありませんか。長親殿もこのような体《てい》たらくでは困りますね」

長親「まったく面目ない」

靭負「忍城にも来ますかね、関白の軍勢は」

丹波「怖いか」

靭負「まさか、毘沙門天《びしゃもんてん》の生まれ変わりですよ、私は」

長親「靭負殿、何のことじゃそれは」

靭負「戦の天才ってことですよ(と行く)」

丹波「戦に出たこともないくせしやがって」

○　同・大広間

上段の間に城主の成田氏長(49)。広間は長親の父で氏長の叔父、成田泰季（75）を筆頭に長親、丹波、靱負、柴崎和泉守（42）、氏長の弟・泰高（40）ら重臣が居並ぶ。中央に北条家の使者。

使者「我が北条家は関白と手切れと相成った。北条家におかれては小田原城での籠《ろう》城《じょう》に決しておる。ついては古法に則《のっと》り支城の城主は早々に兵を率い小田原に入城されよとのお達しにござる」

氏長「承った。我が成田家も用意整い次第、入城いたす」

使者「兵数と時機は。上方は陣ぶれを発した様子じゃ。期限を切っていただきたい」

泰季「兵数は古法により兵力の半数五百騎を当主氏長自ら率い入城致す。期限は本日」

氏長「（苦い顔）」

使者「おお、よう申された！　早速、小田原に注進に参る。御免（と急ぎ出て行く）」

「関白と戦か」とつぶやく重臣。静まる一同。一様に深刻な表情。

長親「御屋形様、ちょっといいかな」

氏長「なんじゃ」

長親「北条家にも関白にもつかず、今までと同じに皆暮らすことはできぬのかな」

泰季「この大戯《おおたわ》けめ！　成田家が先君長泰《ながやす》公以来存続できたは誰のお蔭《かげ》か！　北条家の庇《ひ》護《ご》あっての成田家であろうが！　おのれら何を沈んでおる！　戦ぞ！　関白は忍城にも必ず兵を発する。堀を深くし、矢来《やらい》を……」

沈黙してばったりと倒れる泰季。

長親　「父上！」

騒然となる大広間。

丹波　「奥へ運べ！　和泉、靭負！（と泰季に駆け寄る）」

和泉　「（泰季に駆け寄り）丹波、俺に指図すんじゃねえ！（と泰季を一人で抱える）」

○　同・奥の寝間

手早く敷かれた夜具に泰季が寝かされる。

泰季を囲む氏長と長親ら重臣一同。

長親　「父上、父上！　どうしよう丹波！」

丹波　「戦を前にうろたえるでない！」

泰季　「（目覚め）……丹波の申す通りだ」

そこに氏長の妻、珠（34）とその娘、甲斐姫（18）が侍女を従え入ってくる。

珠　「あら、お迎えはまだでしたか」

氏長　「これ！」

甲斐姫　「母上！」

泰季　「おう御台《みだい》か相変わらず美しいな」
珠　「まあお上手。この分では当分この奥に居座るおつもりですね。大体が幾多の戦場で数え切れぬほどの首を挙げた泰季殿が、畳の上で往生しようなど虫が良すぎますよ（とホホと笑う）」
泰季　「（笑って）御屋形様、早う出陣の用意をなされ。わしはまだ死なぬ。我が兄、長泰公でもそうなさいますぞ」
氏長　「父上の話など聞きとうない（と立つ）」
長親　「（そんな泰季を泣きそうになって見る）」

○　同・奥と表の境目

境目には橋がかかっている。
氏長と重臣らを見送る甲斐姫と侍女たち。

丹波　「（憮然《ぶぜん》と行く氏長を見送り）御免（と長親たちを残して氏長を追う）」
長親　「じゃ（と元気なく表の廊下を行く）」
甲斐姫　「長親大丈夫だ、元気出せ（と奥へ）」
靭負　「（甲斐姫に見とれて）あれは人ですか」
和泉　「初めてか？　甲斐姫を見るのは。惚《ほ》れるんじゃねえぞ家臣の分際で。ああ見えてとんでもない武辺者だぜ。一昨年の話だ、おのれは酒巻家の部屋住みだった故知らぬだろうが、姫は百姓の女房を手籠《てご》めにした家臣を手討ちにした（と行く）」

靭負　「（和泉に続き）自身でですか？」

和泉　「うむ、同じおなごとして許せぬなどと申してな。相手も家中に響いた手だれだったが一刀の下に斬り伏せた」

靭負　「百姓のために家臣をね」

和泉　「ちよとか申したかな百姓の女は。亭主は覚えてるぞ。すごい剣幕で城に来おったからな。下忍村のかぞうとか申す者だ。だが討たれた家臣の一族は納得しねえ。それをどうやったか知らねえが押さえ込んだのが、あの長親殿よ」

靭負　「ほんとですか」

和泉　「俺も信じられねえんだ。だがこれは本当だぜ。以来姫は長親殿に惚れぬいてら」

○　下忍村の麦畑

ちよが麦を踏みながら、かぞうの方を見る。かぞうは視線に気付くが知らぬふり。

○　忍城三の丸（夜）

森の中で出陣を待つ騎馬武者五百と足軽たち。松明《たいまつ》で辺りは昼のように明るい。

長親、丹波、和泉、靭負が平装で氏長を見送るところ。

和泉「（既に怒っていて）御屋形様！」
丹波「和泉、よせ」
和泉「指図すんじゃねえ！　御屋形様、なぜじゃ。なぜ我らが城に残らねばならぬ」
靭負「何卒《なにとぞ》、靭負を陣にお加えくだされ！」
氏長「考えあってのことじゃ（と小さく）申すことがある。近う寄れ」

馬上の氏長に近付く四人。

氏長「わしは関白に内通する」
長親「（氏長の顔を改めて見直す）」
和泉「なんじゃと」
靭負「御屋形様！」
氏長「うろたえるな。小田原城に入り次第わしは連歌の友、山中長俊殿を通じ関白に内通の意を知らせる。おのれらは関白の軍勢が攻め入れば速《すみ》やかに城を開けよ」
和泉「一戦も交えず、開城せよと申されるか」

氏長　「そうじゃ」
丹波　「御屋形、北条家への加勢は衆議にて決したことではないか」
氏長　「知れたことを。あれは叔父上への遠慮から出たにすぎぬ」
丹波　「ならば初めから関白に付けばよい」
氏長　「小田原に入城せずして天下の大名が納得するか！　北条家の庇護の下にあった我らが、義理も果たさず関白に降るなど誰が承知する。その後の成田家はどういう扱いを受けると思う。関白に相対したが大軍を前に抵抗ままならず、開城したとの形を取らねば世は納得せぬわ！」
丹波　「ぐ（と言葉に詰まる）」
和泉　「一矢も報いず開城などできるか！」
氏長　「そんなこと故おのれらは小田原に連れて行けぬのだ。勝てるのか！　北条は天下の兵を敵に回すのだぞ。関白は忍城攻めにも数万を割くことができる。忍城の兵五百騎でそれを迎え撃つというのか！」
和泉　「それは……」
氏長　「負ければどうなる。おのれらの家臣も路頭に迷うぞ。少しは家臣の者共のことも考えよ！　どうじゃ、靭負！」
靭負　「（言葉もない）」
氏長　「構えて関白と戦ってはならぬ。一兵たりとも殺すな（と大声で）門を開け！」

門が開くと、かがり火で照らされた大手門に通じる湖上の一本道が見えてくる。

丹波「(氏長の弟・泰高に) 御屋形様はどうなる」

泰高「内通しておれば、城は落ちても兄上の身は無事じゃ。だが落城の前に北条に内通が知れてみよ、兄上もわしも無事ではすまぬ。構えて内通のことは家中に内密にせよ。叔父上にも知られてはならぬ」

丹波「うむ」

氏長「小田原の使者が開戦を伝えに必ず再び来る故、籠城の備えは怠りのうせよ。疑いを抱かせるな (と兵たちに) 出陣!」

湖上の一本道を進む氏長の軍勢。

和泉「(見送りながら) 丹波よ」

丹波「なんじゃ」

和泉「八年前におのれに取られた武功一等、とうとう奪い返せずに終わりそうじゃ」

丹波「八年前はお前の武功で勝った。だがその武功が抜け駆けでは致し方あるまい」

和泉「御屋形の下知など馬鹿らしい!」

長親「(氏長の軍勢を見つめて) ……」

○ 小田原城の大手門前 (翌日の昼)

堀にかかった橋を渡る氏長の軍勢。
門が開けられ、軍勢が勢いよく入城する。

○　同・城下町の道

泰高「(馬上から城内を珍しげに見回し）これが噂の総構えか。兄上、ひょっとすると北条家は勝つやもしれませぬぞ」
氏長「戯言《たわごと》を。関白に内通の旨は知らせたか」
泰高「入城前に山中殿に密使を遣《よこ》し申した」
氏長「うむ（と馬上でゆられている)」

○　同・本丸の居館・表

高台になった本丸から城内を観望する、小田原城主の北条氏政（53）とその嫡子・氏直（28)。武家屋敷はもちろん城下町まで堀の内に取り込んだ巨大な城郭が眼下に広がっている。城下町を進む氏長の軍勢も小さく見える。

北条家家臣「申し上げまする。成田氏長殿の軍勢、只今《ただいま》到着致しましてござりまする」
氏政「うむ（と氏直に）氏直よ、気を許すな。あれは北条、上杉を渡り歩いた成田長泰の嫡子じゃ。万一、関白に内応のことあらばためらうことなく殺せ」
氏直「は（と氏長の軍勢を見下ろす）」

○　忍城佐間口内・櫓の上

武器と兵糧を満載した荷車が次々に門を入ってくるのを見ている長親。
丹波「（上ってきて）長親、お前も働け！」
長親「わしが手伝おうとしたら皆よせよせと申す。こうしておるより仕方がない」
城塀際の堀を兵たちが穿《うが》っている。
丹波「戦がないと知れば皆どう思うか」
長親「丹波、御屋形の申す通りじゃよ。関白に降《くだ》ることで戦が避けられるなら、それで皆喜ぶさ」
丹波「戦がなければ良いというものではない」
そこに「正木様はおられませぬか！」と櫓の下から家臣が呼ぶ。
長親「なんじゃな（下を覗き込む）」
家臣「（上を見上げ）あ、のぼう様。駄目じゃのぼう様では。正木様はおられませぬか」

丹波　「（下を覗き込み）なんだ」

家臣　「三の丸で柴崎様と酒巻様が斬り合いをなさると騒いでおりまする」

丹波　「何をしておる、あやつらは（と下りる）」

○　三の丸

兵と百姓らが和泉と靭負を取り囲んでいる。たへえとかぞうもいる。

靭負　「（抜刀して）抜け」

和泉　「やめとけ」

靭負　「なら作業に戻れ」

和泉　「馬鹿らしい。御免だ！」

丹波　「（馬で来て近くの兵に）何があった」

兵　「柴崎様が兵糧米などもう入れぬでもよいと百姓に命じられましたが、酒巻様はそれをならぬと申されて」

丹波　「それで喧嘩《けんか》か、馬鹿者共が」

長親　「（徒歩で来て止めようとする）」

丹波　「（長親を押さえ）大丈夫だ。和泉に任せろ」

靭負は上段から斬り込む。和泉はそれを跳ね上げ、靭負の太刀をかなたに跳ばす。太刀を捨て靭負を殴りつける和泉。

和泉「それで戦の天才か、笑わせるな！」
靭負「武技など申しておらぬ、軍略の才じゃ」
和泉「戦もせぬのに兵糧米を積み込むがおのれの軍略か！」
丹波「あんの馬鹿！（和泉に駆け寄る）」

ざわつく周囲の兵と百姓たち。

たへえ「（小さく）戦をせぬじゃと？」
丹波「（和泉の前に来て、殴りつけ）御屋形様は死んだぞ（靭負に）おのれらがたった今亡き者にした」
和泉「ちっ（と丹波を睨《にら》みその場を去る）」
丹波「（兵と百姓らに）皆の者、今聞いたこと他言すれば、命はないものと心得よ！」

一層ざわつきを増す兵と百姓たち。

長親「（兵と百姓らに向かい）皆、聞いてくれ」
丹波「（長親に小さく）何を申す気だ」
長親「すべて話そう」
丹波「ならん！」
長親「隠せば噂は広がる。すべて話せば皆分かってくれるよ」

兵　「戦がないとはまことにござるか！」

丹波　「（考え）俺から話す（と一同に）御屋形様は小田原城に籠ったが、関白に内通する腹だ！　成田家は関白と戦せぬ！　但し、これが北条家に露見すれば御屋形様の命はない。皆、籠城の用意を続けよ」

たへえ　「（かぞうに）行こう（と荷車を引く）」

力なく作業を再開する兵と百姓たち。

長親　「（靭負のところに行き）痛かったかな」

靭負　「わしは戦に出たこともない。わしに場を与えよ！　天才の働きを見せてやるわ！（と泣く）」

○　本丸の居館・奥と表の境目（その夜）

丹波が奥に向かって来る。

甲斐姫　「（来て）関白に降るというはまことか」

丹波　「家中に知らぬ者はないのか。城代におもらしあるな（と奥へ）」

○　同・奥の寝間

泰季の枕元に丹波と甲斐姫。

泰季「何やら騒ぎがあったか」

丹波「は、士気に緩みが見えました故、手綱を締め直し申した（と甲斐姫を見る）」

甲斐姫「（我慢して黙っている）」

泰季「すまんな、戦を前にこのような情けなき様をさらして」

丹波「申されますな」

泰季「丹波よ、長親はあの通りのうつけじゃ。わし亡き後は城代は丹波、お前が引き継げ。幼きころよりの友垣じゃからと申して長親を立てることはない。わかったな」

丹波「城代、わしはあの馬鹿者の持つ得体の知れぬ将器を見極めたいのでござる」

甲斐姫「（そんな丹波を不思議に見る）」

○　奥の廊下

廊下を一人来る丹波。

侍女「（丹波の前で小腰を屈《かが》め）小田原より御使者が参られた様にござりまする」

丹波「わかった（と表に行こうとする）」

侍女「それが、籠城の備えを見、関白の軍勢が箱根湯本に入ったことを伝えますれば、

丹波　既に帰られたとのことにござりまする」

侍女「城代に会いもせずにか。使者は何も申さず帰ったのか」

丹波「特には何も聞いておりませぬが」

丹波「……長親の申す通りだったか」

○　箱根湯本・早川のほとりの露天風呂

裸の女たち数人が入る風呂に飛び込む秀吉。風呂の傍《かたわ》らには早川の流れ。

秀吉「（息をつき）有馬の湯に勝るとも劣らぬ。いずれ繁盛しよるぞ、ここは」

三成・正家「御免（と女たちを見て）うお！」

秀吉「（大笑して）佐吉、お前も入るか」

女たち妖艶《ようえん》に微笑《ほほえ》む。

三成「（憮然と）遠慮致しまする」

秀吉「（大笑して）正家、兵糧米に滞りないか」

正家「（女に見とれていて）は？　ええと、兵糧米でござりますな。兵糧米は二十万石ほどを江尻、清水の港まで海送しその地にて各将に受け渡し済みにござりまする」

秀吉「小田原の阿呆どもは米作りが始まればわしが陣を引き払うと思うておる。湯女《ゆな》、物売り共も住まわせ、生涯対陣しても飽きぬほどの陣で小田原城を囲む。佐吉」

三成　「は」

秀吉　「笠懸山《かさがけやま》とか申す所に造る我が城は」

三成　「すでに野づら積みのための石、材木などは山頂に運び上げておりまする」

秀吉　「うむ、雷神の速さで城を造る。度肝を抜かすぞ北条の奴ら」

吉継　「(来て) おお、目が洗われるようじゃ」

秀吉　「紀之介、入るか」

吉継　「されば (と全裸になって飛び込む)」

三成　「されば、われらはこれにて」

秀吉　「佐吉よ、合力の将共の軍勢が着陣した」

三成　「(立ち止まり) それでは」

秀吉　「奴らを連れ館林、忍に向かい出陣せよ。その前に箱根の紅葉を見てゆけよ」

三成　「は？　まだ春ではござりませぬか」

秀吉　「(笑って) いいから行け」

三成と正家、「は」と走って去る。

秀吉　「(見送って) 紀之介よ、佐吉は理財には長《た》けておるが、軍略の才には乏しい」

吉継　「しかし、あの果断なまでの正義漢を好む者も多うござりまするぞ」

秀吉　「おのれがその筆頭か (と笑い) 既に成田家は内通の旨、知らせて来ておる」

吉継　「何と、忍城は降っておると」
秀吉　「（うなずき）頼むぞ、おのれが後見し必ず佐吉に武功を立てさせてやってくれ」
吉継　「治部少が聞けばさぞ怒るでしょうな」
秀吉　「構えて佐吉には漏らすな（と立つ）」
吉継　「いずこへ」
秀吉　「小田原表よ。おのれらに餞《はなむけ》の紅葉を作ってやらねばならぬ（と微笑する）」

○　小田原城の傍《そば》の笠懸山山頂

山頂だけ木が切り払われ小田原城は見えない。木を切った空間に城が築かれつつある。山頂の一角にそびえる櫓の上で下界を観望する秀吉。眼下に海と酒匂《さかわ》川と早川に挟まれた小田原城の城郭が見え、その城郭を五十万の兵が包囲する。軍勢の旗が平野を極彩色に彩っている。

秀吉　「（風景に満足し）旗を揚げよ！」
　鬨が作られ、笠懸山の斜面いっぱいに兵たちの色とりどりの旗が上がり、一瞬にして緑の山を紅葉に変える。

○　小田原城外

包囲陣の中、整列した軍勢の中軍に三成。
三成　「(笠懸山を見て) 紅葉とはこれか。殿下らしき餞よ (と大声で) 進軍!」
吉継　「(自らの軍勢の中軍で、紅葉を見て笑っていて) 大谷勢、参るぞ」
正家　「(紅葉に見とれていたが石田勢らが進軍するので) お、もう参るか。進軍!」

○　笠懸山山頂

包囲陣を離れて三成らの大部隊が進軍するのが見える。総計二万の大軍である。
秀吉　「(笑っていたが真顔になり) 勝てよ佐吉」

○　忍城下の下忍村の田圃

麦刈りが終わり田植えが始まっている。
田の中では男女の合歓を模した田楽踊りが催されている。
長親　「(あぜ道に座り、踊りを真似《まね》ている)」
たへえ　「(苗を植えながら) のぼう様」

長親　「(目を輝かせて) 手伝うか」
たへえ　「(手を休め) いや。関白に降れば、のぼう様はどうなるのじゃ」
長親　「さあなあ、百姓でもやるかな」
ちよ　「そりゃ無理ですよ。のぼう様は二本差で歩くぐらいが能でござりますよ」
長親　「そうなんだよなあ (と心底困る)」
かぞうを除き、大笑する一同。
そこに半鐘の音。
不安な顔で忍城の方を見る一同。
丹波　「(あぜ道を騎馬で来て) またこんなところで遊んでおるのか！」
長親　「どうした」
丹波　「館林城より使者が来た。関白の軍勢が館林に攻め入った！　もはや三里に迫っておる！」

○　館林城の外

平城の周囲を二万の兵が埋め尽くしている。大手門が開かれ一人の男が飛び出す。

館林城の城代「撃たんでくだされ！　館林城城代、南条因幡守《いなばのかみ》にござる！　館林城は直《ただ》ちに開城致しまする。何卒討ち入りはご容赦《ようしゃ》くだされ、何卒！（と土下座する）」

「何卒！」の声の中、中軍で馬を並べて大手門の方を見ている三成と吉継。

三成「和戦を問うまでもなく落城とは」

吉継「無理もない。この数で攻められればな」

三成「刑部少よ、人とはこんなものなのか。銭と武力で圧倒すればこれほど簡単に性根を失うものなのか」

吉継「勝利者のみが抱ける甘味な感傷じゃな」

○忍城城下町の道

家財を荷車に載せ、逃げる町人たち。

○下忍村のたへえの家・表

割合大きな百姓家である。

かぞう「(中から飛び出してきて）目端《めはし》の利く町人たちは城下を出てる。でくの坊の言うことなど嘘《うそ》だ。戦はあるんだよ」

たへえ「(中から出て）行く当てなぞないぞ」

かぞう　「今死ぬよりましだ（とちよとかよに）早う来い！」
ちよ　「（たへえの横にいて）一人で行きなされ」
かぞう　「なに」
ちよ　「あんたは戦があるから逃げるんじゃない。お侍が憎いから逃げるのよ。お侍に手籠めにされた私が憎いから逃げるのよ！　私は、私の仇《あだ》を取ってくれた姫と姫を救ったのぼう様のお城を離れませぬ」
かぞう　「俺は忘れたと言ったじゃないか！」
ちよ　「忘れてなんかない！」
かぞう　「（怒りながら）かよ！（と手を伸ばす）」
かよ　「（ちよにしがみ付いて拒否）」
かぞう　「勝手にしろ、みんな勝手にしろ！」
庭の鶏を蹴飛ばしながら去るかぞう。

○　忍城本丸の居館・書院（夜）
長親、靭負ほか重臣らが酒を飲んでいる。
靭負　「敵が迫ってるってのに、こうして酒をかっくらってるとはね。長親殿！」
長親　「（酔っていて）はん？」

靭負　「降るがそんなに愉快か！」
長親　「じたばたしても仕方がない。大人しく降れば関白も悪いようにはせぬよ」
丹波　「（入ってきて）さあ、降る算段でもつけようか。靭負、酒くれ」
靭負　「皆、手酌ですよ（と憮然としている）」
丹波　「そうかよ（と座敷を見回し）和泉は」
靭負　「知りませんよ」
丹波　「（気付き）……野郎、まさか」
靭負　「どうしたんです」
丹波　「おのれらは大人しくしてろ！（と飛び出していく）」

○　三の丸

和泉率いる一隊が松明一本ない暗闇の中、武装で集結している。

和泉　「門を開けろ！」

門が開き湖上の一本道が現れる。道の先に燃えている一本の松明。

和泉　「む（と馬を門の傍に進め）野郎」
丹波　「（松明の主は丹波であった。片手に朱槍《しゅやり》）和泉、本丸に戻れ！」
和泉　「腕で来い、朱槍の真の主が柴崎和泉であることを思い知らせてやらあ！（と馬

丹波　を突進させる）」
丹波　「馬鹿野郎！（馬を突進させる）」
　　湖上の一本道を急速に接近する二人の馬。
　　一切避ける気配なく突進する二人。
和泉　「（怒号を上げて槍を繰り出す）」
丹波　「（怒号を上げて槍を繰り出す）」
　　両者の頬《ほお》を槍の穂先が掠《かす》める。瞬間、馬同士が激突し、拍子に丹波と和泉も鉢合わせになって地面に叩きつけられる。
丹波　「（組み付き）この大馬鹿野郎！　おのれが抜け駆けすれば成田家に逆心ありと関白に取られるがわからんか！（と殴る）」
和泉　「（丹波を押しのけ馬乗りになり）わかってらあ、俺は頭を下げて命を永らえるなんざ御免なんだよ！」
丹波　「（馬乗りになって）ならば御屋形はどうなる、家臣共はどうなる、領民共はどうなる！　おのれのために皆死ねと申すのか！（殴り）無念なのはおのれだけだと思うのか！（と泣く）勝手なことを抜かすな！　わしは許さんぞ！（殴る）」
和泉　「（殴られながら）すまん」
丹波　「（手を止める）」
和泉　「俺が悪かった（と丹波をどけて）本丸に帰る（と三の丸の方にさっさと戻る）」

丹波　「（変わり身の早さに戸惑う）」

○　三の丸（時間経過）

　　森の中を徒歩で行く丹波と和泉。

丹波　「避けなかったな」
和泉　「ん？」
丹波　「槍をだよ」
和泉　「（当然だという感じで）避ければ槍の餌食《えじき》じゃねえか」
丹波　「（わかってるなという感じで笑う）」
　　笑う二人。そこに小さく地響きが伝わってくる。立ち止まって耳を澄ます二人。すると「エイエイエイ……」と進軍する掛け声が小さく聞こえてくる。

○　本丸の居館・書院

　　ここにも振動と掛け声。

靭負　「（ぱっと盃を捨て廊下に飛び出す）」

続く重臣たち。

長親「（顔を上げる）」

○　三の丸・半鐘櫓の上とその下

丹波が櫓の上から掛け声の方角を見ているが、暗闇で軍勢は見えない。

和泉「（櫓の下にいて）丹波、見えるか！」
丹波「見えん。だが田を避け、城を遠巻きにして進軍しておる！（と下に叫ぶ）」
靭負「（来て、和泉に）どうしたんです？　その顔」
和泉「うるせえ！」
長親「（のそのそ歩いてきて櫓に登っていく）」
靭負「長親殿、足元は確かでござるか」
長親「うん（と上っていく）」
丹波「（上ってきた長親に）何だ、お前か。月明かりもなければ何も見えぬ」
長親「なんで灯火をつけないんだ？」

○　城外の平野

掛け声を上げて行軍する三成らの軍勢。森を透かして松明がしきりに蠢《うごめ》く
忍城を横目に、三成が中軍《ちゅうぐん》で馬を進める。

吉継「(騎馬で並んでいて)なぜ灯火を許さぬ」
三成「恐れを抱かせる。声のみが響き姿は見えぬ。敵は怯《おび》え士気を失う」

○元の半鐘櫓の上とその下

長親「怖いな」
丹波「それだ。脅してんだ上方の奴ら。大軍を自負する者にしかできぬ行軍よ」
長親「(震えている)」
丹波「(自嘲《じちょう》ぎみに笑い)良かったな、あいつらと戦しなくてよくってよ」

○三の丸・半鐘櫓の上とその下(夜明け前)

静寂。櫓の脚柱にもたれて眠る和泉。周囲の地べたでは寝入った家臣らが
あちこちに転がっている。

靭負「(起きて東の空を見ている)」
東の空が明るくなってくる。

和泉　和泉の肩を叩いて起こす靭負。
　　「お（と空を見て）丹波、夜が明けるぞ！」
丹波　「（櫓の上で）起きておる！（と寝入っている長親に）おい、長親起きろ」
　　長親が半身を起こし、城外を見渡そうとしたとき朝日が差し込む。
長親　「（目をつむる。朝日が昇り切ったころに再び目を開け）あっ！」
　　朝日に照らされた関白の軍勢が見える。二万の軍勢が忍城と周囲の水田を取り囲み、一夜にして彩色を施したかのようだ。軍勢の先の小山群には三成の本陣のありかを示す幟《のぼり》が翻っている。

○　小山（丸墓山）の頂上
　　高さ十間の小山から忍城の方を見ている三成、吉継と合力の諸将。
三成　「（吉継に）この山、古《いにしえ》の貴人の墓じゃそうな。豪気なものよ」
吉継　「へえ」
三成　「上杉謙信も忍城攻めの際、この丸墓山に上ったという（と家臣に）軍使を立てよ！　正家はまだか」
　　「は」と山を駆け下りていく家臣。
吉継　「待て、正家を軍使に立てるのか」

三成　「ああ、そうじゃ（と意味ありげに笑う）」
吉継　「（諸将から三成を離し）なぜお前ほどの知恵者が人選を誤る。正家は殿下の威を借る男だ」
三成　「わしのようにか」
吉継　「違う！　弱き者には強く、強き者には弱く出る。そういう男だと申しておるのだ」
三成　「そのやり方でいく（と城を見る）」

○　元の半鐘櫓の上とその下

和泉　「（櫓の下で）敵は何千じゃ！」
丹波　「桁《けた》が違う。二万はいるぞ」
和泉　「五百に二万か」
　　櫓の下でどよめく家臣たち。
丹波　「（長親の肩を叩き）さ、降るとするか。城代にはわしから話す（と櫓を下りる）」
長親　「（考えていたが決意して下りる）」

○　城外のあぜ道

大軍を背景に、馬上の正家と副使二人が、田植えの終わった緑の水田の中を来る。前方に、佐間口が見えてくる。

正家「軍使のしるしを！」

副使の一人が太刀を引き抜き、頭上でくるくると旋回させる。

○　佐間口内

城兵「（櫓の上で）関白の使者が参り申した！」

騎馬武者「何騎じゃ！」

兵「三騎にござる！」

城内側の門を飛び出していく騎馬武者。

○　本丸の居館・奥の廊下

長親、丹波、和泉、靭負ら重臣が寝間の前に来る。

甲斐姫「（侍女を連れて小走りに来て）関白の使者が入城したぞ」

和泉「早えな」

丹波　「（侍女に）広間にて待たせるよう伝えよ（と寝間に向け）御免（と襖《ふすま》を開ける）」

○　同・奥の寝間

　　入ってくる重臣一同と甲斐姫。

長親　「（枕もとに座り）父上」
泰季　「（目覚め）うむ、寝ておったか」
丹波　「関白の軍勢が参り申した」
泰季　「うむ」
丹波　「城代、申し上げたき儀がござる」
泰季　「（遮って）丹波、和泉、靭負、そして皆重臣一同ようやってくれたな。兵糧を集め、堀を穿ち、柵《さく》を築き、戦の用意を怠りのうようやってくれた」
一同　「（つらい。顔を伏せる）」
泰季　「御屋形様は関白に降るおつもりじゃな」
丹波　「（はっと顔を上げる）」
泰季　「よいのだ。城を開け。わしが頑固なばかりに皆に苦労をかけた。天下の軍勢を敵に回して勝てる道理はない。かつての成田家も北条家優勢と見て臣従を誓ったのだ。おのれらは関白に臣従を誓い、所領の安堵《あんど》を願い出よ。わかったか」

静まる一同。泣く和泉。

丹波「申し訳次第もござらぬ！（と平伏する）」

長親「（そんな皆の様子を見つめている）」

○　同・奥と表の境目

橋を渡って表の廊下に行く重臣一同。奥で見送る甲斐姫と侍女たち。

靭負「（自分だけは橋を渡らず、甲斐姫に）姫」

甲斐姫「（奥に戻ろうとしていて）うん？」

丹波「（表の廊下で止まり何か言いたげな顔）」

和泉「いいじゃねえか、言わせてやれ」

靭負「酒巻靭負は姫に惚れておりまする」

甲斐姫「（驚くがすぐに微笑み）承知した。ありがとよ（と奥に行く）」

靭負「（甲斐姫の後姿を見送る）」

○　同・表の廊下

長親ら重臣一同が来る。

和泉「（歩きながら）上段の間には誰が着く」
丹波「長親じゃ、決まっておろう」
長親「（深刻な顔）」
大広間の前に到着する一同。靭負が追いついてくる。
和泉「何してきた（と下卑て笑う）」
靭負「爺様にはできぬことですよ（と笑う）」
丹波「（一同を顧みて）さあ、皆胸を張れ」
一同「応」と背筋を正す。丹波が大広間の襖を開ける。先に入る長親。

○同・大広間

長親ら重臣が上段側の襖を開けて入ってくる。すでに他の主だった成田家家臣が下座に居並んでいる。広間中央には正家と副使二人。上段の間に座る長親。丹波ら重臣は上段近くに着座する。
正家「遅い！　殿下の使いを供応するでもなく、広間でただ待たせるとは何事じゃ！」
丹波「田舎者と思《おぼ》し召し、至らぬ点はご容赦くだされ。城代は病身ゆえ床を離れられませぬによって、事の次第を伝えるに少々時を食いましてな。失礼仕《つかまつ》った」
正家「お前は誰じゃ」

丹波「は、成田家一の家老を務めまする正木丹波守利英と申す者。あれなるは（と上段を指し）成田家一門にて城代成田泰季が嫡子、成田長親にござりまする」
正家「長束大蔵少輔正家じゃ」
長親「（なぜか鷹揚《おうよう》にうなずく）」
正家「しかしこの大事に寝ておるなど、のん気な城代もあったものじゃな」
和泉「（小さく）こんな野郎が軍使か」
正家「和戦いずれかを聞こう。降るなら城、所領共に安堵して遣わすが小田原攻めに兵を差し出せ。戦と申すなら我ら二万の兵が揉《も》みつぶす。当方としてはどちらでもかまわぬが、腹は決めておろう。早う返答せよ。わしは朝飯を食うておらぬ」
長親「（黙っている）」
正家「それと、成田家には甲斐とか申す姫がおるな。それを殿下に差し出すよう」
無言で色をなす重臣たち。
長親「腹は決めておらなんだが、今決めた」
正家「なら早う言え」
長親「戦いまする」
ぎょっとなる重臣一同。
正家「（動揺するが表には出さず）何と申した」
長親「いくさ場にて相見《あいまみ》えると申した」

正家「……それが成田家の返答じゃな」
丹波「（正家に）暫時《ざんじ》、暫時！（と上段に上がり長親の襟首をつかみ）長親ちょっと来い！（と引きずって大広間を出る）」
騒然となって丹波を追う成田家家臣たち。

○　同・書院

叩き込まれる長親。丹波に続いて成田家家臣が狭い部屋にどやどやと入ってくる。

丹波「（長親に）乱心したか！」
長親「（不貞腐《ふてくさ》れたように黙っている）」
丹波「何とか申せ！」
長親「いやになった」
丹波「何がだ！」
長親「降るのがだよ！」
丹波「今になって何を申す！　さんざん話したではないか。関白には敵《かな》わぬ。それ故降るとおのれも承知しただろうが！」
長親「だからいやになったんだ！」

丹波　「餓鬼みてえに何だ！」
長親　「二万の兵で押し寄せ、さんざに脅しをかけた挙句、和戦いずれかを問うなどと申す。そしてその実、降るに決まっておるとたかを括《くく》ってる。そんな者に降るのはいやじゃ！」
丹波　「我慢するのだ。今降れば所領も城も安堵される。我慢せよ」
長親　「いやなものはいやなのじゃ！（と一同を見回し）武ある者が武無き者を足蹴にし、才ある者が才無き者の鼻面をいいように引き回す。これが人の世か！　ならわしはいやじゃ、わしだけはいやじゃ！」
沈黙する一同。
靭負　「やりましょうよ」
和泉　「俺も乗るぜ」
丹波　「おのれらは戦がしたいだけだろうが！」
重臣1　「斎藤家も乗ったぞ」
重臣たちから「当方も」の声。
丹波　「落ち着け、早まるな。強き者に服するは世の習いであろうが！」
和泉　「あとはおめえだけだぜ、丹波」
丹波に無言で訴える重臣一同。
丹波　「（考えて）本当によいのか、長親」

長親　「（憮然と）さっきから申しておる」
丹波　「（考えて）やるか……。やろう（顔を上げ）やろう！」
和泉　「やろうぜ」
靭負　「やりましょう」
「やろう」と口々に叫ぶ一同。

○　同・大広間

上段側の襖と下座の襖が一斉に開けられ、成田家の重臣らが勢いよく入ってくる。

正家　「（勢いに怯える）」
長親　「（最後に入ってきてどかっと座る）」
正家　「（丹波に）その者は料簡《りょうけん》したか」
丹波　「左様、重臣一同諫《いさ》め申したが、この者存外頑固者でござりましてな、全く言うことをききませぬ。さればこの者の申す通り、戦うことと致した」
正家　「何（長親を見る）」
長親　「（やるという風にうなずく）」
正家　「二万の軍勢を相手に戦すると申すか！」

長親　「坂東武者の槍の味、存分に味わわれよ」

○　丸墓山の頂上

　　三成と吉継、合力の諸将が忍城の方を観ている。正家ら三騎の馬が猛烈な
　勢いでこちらに向かってくるのが見える。

三成　「あの勢いでは和議に破れたな（と笑う）」

吉継　「（三成の横顔を見て）なぜ笑う」

○　忍城本丸の居館・奥と表の境目

　　丹波と和泉が長親を両脇から抱えてやってくる。続く重臣一同。皆、笑っ
　ている。

和泉　「こんな体《てい》たらくでようもあんな勇ましいことが言えたもんじゃ（と笑う）」

長親　「（腰を抜かしていて）まったく面目ない」

甲斐姫　「（小走りに来て、泣いて膝《ひざ》を落とす）」

靭負　「（気付き、奥に駆け込む）」

○　同・奥の寝間

泰季が息を引き取っている。沈黙して泰季の遺骸を囲む重臣一同と甲斐姫、珠。

長親「（泣かずにじっと泰季の死に顔を見る）」
丹波「皆、ここで城代に誓え」
靭負「何をです」
丹波「これより長親を城代と仰ぎ、我ら軍勢の総大将とすることをじゃ」
靭負「（あっさり）いいですよ」
和泉「長親殿の下知なら俺は聞くぜ」
丹波「似合わぬことを申す。なぜだ」
和泉「（真顔で）下知しそうもねえからよ」
丹波「（鼻で笑う）」

重臣ら「我らも承知じゃ」と口々に言う。

丹波「うむ（と泰季の死に顔に）城代、御下知には従いませせなんだ（と長親に向かい居住まいを正す）」
長親「（顔を上げ重臣一同を見回す）」

重臣一同、丹波に倣《なら》って長親に向かい居住まいを正すと、小刀を少し抜き勢いよく鞘《さや》に収める。小気味よい金属音が一斉に響く。誓いの金打《きんちょう》である。

長親「(金打の音を聞いている)」
珠「戦に決しましたか」
長親「御屋形様の言いつけには背くんじゃが」
珠「あの腑《ふ》抜《ぬ》けの話など聞かずともよい。後は奥に任せ、すぐに軍議を」
長親「(泰季の遺骸を見て)うん(と立つ)」

○丸墓山の頂上

正家が副使を従え、三成、吉継と合力の諸将に復命している。

吉継「何だと? 何かの間違いではないか!」
三成「何が間違いじゃ」
吉継「……いや」
正家「何やら初めはもめておったが、最後には戦をすると言い切りおった」
三成「そうか、戦うと申すか(と喜び、諸将に)各々方《おのおのがた》、ふもとの本陣にてさっそく軍議じゃ」

急造の兵舎が立ち並ぶふもとに下りていく諸将。

三成「(まだ頂上にいて忍城を見て、横にいる吉継に)こうでなければならぬ。これ

吉継　が人というものよ。わしは人というものにたかを括ってしまうところだったぞ！」
吉継「おのれは初めからこうするつもりであったな。正家を遣《よこ》したのも戦を引き出すための策か！　戦は遊びではないのだぞ！」

○　忍城本丸の居館・大広間

重臣一同が車座になって軍議の最中。

丹波「各守り口の将を決める。望みはあるか」
靭負「私はどこでも」
和泉「俺は長野口がいい。鉄砲組はいらんぞ」

○　三成の兵舎の中

板敷きの小部屋で三成ら諸将が車座になって軍議の最中。中心に忍城の絵地図。

三成「各々の攻め口を申し渡す。この長野口とやらは（と絵地図を指し）刑部殿」
吉継「応」
三成「この下忍口とやらはわしが行く」

○　忍城の大広間

丹波　「下忍口は靭負」
靭負　「いいですよ」
丹波　「佐間口はわしじゃ」

○　三成の兵舎の中

三成　「佐間口は大蔵殿が行かれよ」
正家　「心得た」
三成　「大宮口は多賀谷殿、皿尾口は宇都宮殿、北谷口は佐竹殿が攻められよ。持田口とやらは敵の逃走を誘うため無人とする」

○　忍城の大広間

丹波　「大宮口は斎藤右馬助《うまのすけ》、皿尾口は成田土佐、北谷口は横田大学、持田口は松木織《お》部《べ》がそれぞれ将を務めよ。よいか、兵の数は少ないが地の利、人の利は我が方にある。数ある利を縦横無尽に使い、我らにしか取れぬ軍略で勝利を摑《つか》む!」

和泉「丹波、俺は思うがままに軍略を練るぞ」

丹波「誰もがそうだ。守り口の将は各々の才覚で持ち場を死守せよ!」

一同「応!」

長親「わしはどこを守るんだ」

丹波「(考えて)誰ぞ守り口に城代が欲しい者はおらぬか(と一同を見渡す)」

一斉に顔を伏せる重臣一同。

丹波「総大将は大人しく本丸におれ!」

長親「(不承不承)ん」

丹波「戦働きは我らに任せよ」

○ 三成の兵舎の中

三成「小田原に兵を出しておる故、城の兵数はわずかじゃ。必ず勝つ。明朝をもって攻め入る故、各々陣に戻られよ!」

一同「応」と答える。

○ 忍城三の丸(夜)

丹波、和泉、靭負の三人が馬で疾走する。

靭負「いいんですか、長親殿に内緒で」

丹波「あいつに百姓共の徴発ができるかよ。よいか、村に敵がおれば引き上げよ」

靭負「わかってますよ（と別方向に）」

○　大手門の表

開け放たれた門から丹波と和泉の馬が勢いよく出てきて左右二手に分かれる。

丹波「和泉、百姓共に甘い顔するな！」

和泉「わかってらあ」

○　三成の兵舎の中

軍議した部屋で三成が床に就いている。

家臣の声「城下の村に敵兵が入り百姓共に入城を迫っている様子にござりまする」

三成「（半身を起こし）捨て置け、城に人多ければほころびも増すというものじゃ」

○　下忍村のたへえの屋敷・中

座敷に一人座る丹波。土間はたへえら百姓で満杯である。

丹波　「成田家は関白と戦することに決した」
たへえ　「（小さく驚く）」
丹波　「されば百姓はことごとく城内に籠れ。一刻待って入城せぬ時は村を焼き払う」

ざわつく百姓たち。

たへえ　「戦はせぬと申したではないか」
丹波　「文句があるのか」
たへえ　「（意を決し）入城のことお断り致す」
丹波　「何」
たへえ　「百姓とて馬鹿ではない。城方の負けは目に見えておる。柴崎様か正木様、お手前らが家中の皆々様を賭《か》けに投じているのではありませぬか」
丹波　「百姓の分際でその物言いはなんじゃ！」
たへえ　「違うなら違うと申されませ！」
丹波　「違うわい！」
たへえ　「なら誰が戦などしようと申された」

丹波　「長親だ！」
　　　沈黙するたへえ。百姓たちは顔を見合わせる。そして爆笑。
たへえ「（漸《ようや》く笑いを堪《こら》え、息を整え）しょうがねえなあ、あの仁も。のぼう様が戦するってえなら我ら百姓が助けてやらねばどうしようもあんめえよ。なあ皆」
　　　「ああ」とか「ったく」とかの賛同の声。
丹波　「（啞然《あぜん》として）城に籠ると申すのか？」
たへえ「そりゃあもう（と他の百姓たちに）おい、甲冑《かっちゅう》や刀槍のたぐいを忘れるな」
　　　「へえ」などと言ってぞろぞろと屋敷を出始める百姓たち。
丹波　「おのれらそんな物まだ隠しておったか」
たへえ「（言葉を改め）今は百姓といえども、元を正せば坂東武者の血を受け継がぬ者などおらぬ」
　　　立ち止まり丹波を見据える百姓たち。
たへえ「（見据えて）辞儀を改めてもらおう」
丹波　「（威に押されながら）おう」

○　忍城三の丸
　　　暗闇の森の中を行く丹波の馬。

丹波「（気配を感じ）うお（と避ける）」
靭負「（丹波の後で馬を止め）何もしませんよ」
丹波「（急停止して）首尾は」
靭負「いや、どうもこうもありませんよ」
和泉「（馬を急停止させ）おい、どうなってる。村の二つとも、始めは断るなどと申しておったが長親殿の名を出した途端、加勢するとはしゃぎおったぞ」
靭負「あ、私と同じだ」
丹波「……わしのところもだ」
和泉「……どういうお人なのだ、あの仁は」

○　本丸の居館・表

　　玄関前に整列する長親ら重臣たち。
長親「（本丸とその先の二の丸を見る）」
　　本丸と二の丸の森は松明で埋め尽くされ、一面炎と化したかのようだ。
たへえ「（二の丸で松明を持って立っている）」
和泉「二千はおるか」
丹波「一刻たらずですべての村が入城した」

長親　「（一同に）成田長親じゃ。父泰季は開城せよと最期の言葉を残した。だがわしが無理言って戦にしてしもうた。皆すまぬ」

丹波　「兵の士気が下がる。何を言い出すのだ」

　　　沈黙する長親。静まり返る一同。

かよ　「（二の丸で長親の様子を見て）泣いてる」

ちよ　「お父が死んだの、あの人の」

長親　「父上……（と泣いている）」

百姓　「皆、何をしみったれてやがる！　鬨でも作れ！　栄々！（応《こた》えないので）栄々！」

一同　「応」

　　　「栄々、応」の声が次第に調子づいていく。

丹波　「（思わぬ兵の反応に、長親を見る）」

○　吉継の陣・兵舎の前

　　　布製の兵舎が立ち並ぶ陣営で、兵舎から出た吉継が城の方を見ている。

　　　城は森の木々を透かして松明が無数に見え、「栄々、応」が小さく聞こえてくる。

吉継　「この城、敵に廻《まわ》したは間違いか」

○　忍城本丸の居館・大広間

長親が一人、広間にポツンといる。

甲斐姫「(入ってきて座り)関白の使者がわしを側女《そばめ》に寄越せと申したそうじゃな」
長親「そうですな」
甲斐姫「戦すると申したのはわしのためか」
長親「そんな訳ないでしょう」
甲斐姫「(既に怒っていて)そうだろう?」
長親「だから違いますって」
甲斐姫「そうだと言え!(と長親に飛び掛かる)」
長親「(腕を極められ)姫、痛い」
甲斐姫「言え!(と腕を放し)馬鹿野郎!(と飛び出していく)」
長親「(甲斐姫を見送る)」

○　下忍口内

城塀から身を乗り出し城外を観望する靭負。城外には三成陣の無数のかがり火。

老兵「ここは我らに任せお休みくだされ」

靭負「とても眠れませんよ」

そこに甲斐姫が走って来る。身を避ける老兵。靭負は城塀から身を離す。

靭負「(甲斐姫に向き合い) どうかしましたか」

靭負に抱きつき口づけする甲斐姫。

老兵「(森で寝る兵たちに) 皆起きろ、えらいことじゃ! 冥土《めいど》の土産にこれを見よ!」

目覚めた兵たちは二人を見て「おおー」とか感嘆の声を上げる。

甲斐姫「(口を離し) しっかりな! (と去る)」

靭負「(その後姿を呆然《ぼうぜん》と見送る)」

老兵「靭負殿、靭負殿! (と突っつく)」

靭負「(我に返り) は? うん。少し寝る (とふらふらと森の中へ)」

○ 丸墓山の頂上 (早朝)

白々と明るさを増す空の下、家臣を従え上ってきた三成が城の方を見渡す。

下忍口に三成勢七千、佐間口に正家勢四千、長野口に吉継勢六千が布陣している。

三成「さあ、天下人の戦をしよう」

○忍城佐間口内

九十の騎馬武者と二百の足軽を従えた丹波が「始めるぞ」と言うと、門が開く。

単身、騎馬で門を出る丹波。

○同外・正家の陣

前方の佐間口から丹波が一騎で門外に出てくるのが小さく見える。

鐘の合図の中、中軍にいる正家が馬上で「かかれ！」と采配を振う。

最前列の鉄砲組が一斉に田の中に足を踏み入れる。踏み倒される早苗たち。

丹波「(門外で前進する大軍を見つめている)」

正家の馬廻役「(馬上で正家の傍にいる。小さく見える丹波を指し) あの騎馬武者、敵が迫るというに微動だにせぬ。もしやあれは高名な正木丹波ではあるまいか」

正家「（思い出せず）正木丹波？」
正家の馬廻役「八年前の戦で滝川一益《かずまさ》殿を自ら追い詰め、地獄を見たと言わしめたのはあの男でござる」
丹波「（敵を見ていたが）鉄砲組を一列に配すか。芸のねえ（と門内へ）」

○　同内

丹波「（門内に戻り、鉄砲足軽たちに）おのれら、種子島《たねがしま》を持ったまま騎馬組共に相乗りせよ。一頭に二人ずつだ、急げ！」
　騎馬武者たちのところに集まる鉄砲足軽。
騎馬武者「（近くに来た足軽に）誰が足軽など乗せるか！　寄るな！」
丹波「（騎馬武者に槍を突き付け）騎乗《うまのり》の士の誇りなんぞつまらぬものにこだわるなら、わしがこの場で叩き斬る」
騎馬武者「う（と足軽を馬上に引き上げる）」
　三人相乗りの騎馬鉄砲が九十騎できる。
丹波「わしに続け！（と門外に飛び出す）」

○　同外・正家の陣

正家の馬廻役「（丹波ら騎馬武者を見て、顔色を変え）なんと騎馬鉄砲じゃ」
正家「（采配を振り挙げる）」
正家の馬廻役「（丹波の策に気付き）お待ちくだされ、まだ撃たせてはなりませぬ！」
正家「出すぎたことを！（と采配を振る）」
正家の馬廻役「御免！（と先鋒に向かう）」
丹波「（門の傍で馬を止めていて敵の先鋒《せんぽう》を見ながら）撃ってこい」
正家の先鋒、鉄砲組の一斉射撃。
丹波「（届かず足元に突き刺さる弾を確認して）撃ったな、今ぞ！　射程に入り、弾込めを終える前に討ち取れ！」
丹波が馬を駆けさせた時、丹波を先鋒に近付けまいと、あぜ道上の前方に正家の馬廻役が現れる。
丹波「（馬を急停止させる）」
正家の馬廻役「正木丹波殿とお見受けした。長束家馬廻役、山田帯刀《たてわき》じゃ。槍合わせ願おう！」
丹波「我が敵は使者に来られた長束殿か！」
騎馬武者「（丹波に）種子島で討ち取るが早い」
丹波「（後ろを振り向き）瞬時に倒す。火蓋《ひぶた》を切って待っておれ！（前方に向き直る）」

あぜ道の上で対峙《たいじ》する丹波と正家の馬廻役。正家の馬廻役は自陣から飛び出した形になっている。

○　下忍口外・三成の陣

三成の馬廻役「(中軍、三成の横にいて下忍口を指し)あれをどう見なさる」
三成「ん?(と見る)」
　　下忍口の城塀に沿って並んだ旗がぶるぶると不器用に震えている。
三成「擬兵じゃ。寡兵を補う精一杯の策よ。百姓など擬兵以外にどう使い道がある。正規の兵などわずかじゃ(と使番に)よいか田は足を取られる。先鋒にはあぜ道を進ませよ!」
　　使番が「は」と先鋒に馬を走らせる。

○　同内

　　大軍を後に残して三成の先鋒だけがあぜ道を来るのが見える。
靭負「(木の上から敵陣を見ていて)来た!(と飛び降り)じい様、打って出ますよ」
老兵「(喜び)おう、よう申された!」

靭負　「あとは、あなたとあなたとあなた（と年老いた兵を次々に指名する）」

○　同外

老兵数十人を従え、門を出てくる靭負。皆、徒歩である。前進を止める敵先鋒。

靭負　「（大音声で）上方の者共聞け！　この下忍口の大将は、毘沙門天の化身にして戦の天才、酒巻靭負！　武辺者を自負する者は名乗りを挙げられよ！」

三成　「馬もないあの者が侍大将か。従う兵も年寄りばかりではないか（と大声で）総大将石田三成じゃ！　不憫《ふびん》故、名のある勇士に討ち取らせて進ぜる！　受けられよ」

三成の馬廻役「されば拙者が（と先鋒へ行く）」

靭負　「総大将が我が敵か！　良き敵なり（と先鋒を凝視して）やっぱり出てきたな」

「道を開けよ！」と怒鳴りながら先鋒の兵を掻《か》き分け、三成の馬廻役が出てくる。

靭負　「名乗られよ」

三成の馬廻役「石田家馬廻役、貝塚隼人《はやと》（と馬を下りる）」

靭負　「（大真面目《おおまじめ》に）え、馬を下りるんですか」

三成の馬廻役「（槍を捨てると太刀を抜き）騎馬ゆえ勝ったと噂されては我が武勇に傷がつくでな」
靭負「（槍を捨て太刀を引き抜く）」
三成の馬廻役「参る（スッと前に出る）」

○　佐間口外

向かい合う丹波と正家の馬廻役。
丹波「（怒号を上げてあぜ道を突進する）」
正家の馬廻役「（怒号を上げて突進）」
一直線のあぜ道を急速に接近する両者。
丹波「（間近に迫る敵を避けもしない）」
正家の馬廻役「（わずかに顔を避ける）」
丹波「避けたな！　ならばお前はこれまでじゃ！（と槍を繰り出す）」
顔をわずかに避けた瞬間、首を刎《は》ね飛ばされる正家の馬廻役。
丹波は速度を緩めず、怒号を上げて敵兵に突進する。退くあぜ道上の敵兵たち。
丹波「（敵最前列の鉄砲隊と横一直線に並ぶ所まで押し返し、敵鉄砲足軽を見据える）」

敵鉄砲足軽「（弾込めの最中。逃げようとするが田に足を取られて動けない）」
丹波「（後ろを振り向き）来い！」
正家「（中軍で）我が鉄砲組は何をしておる！」
丹波の傍に到着する騎馬鉄砲九十騎。
騎馬鉄砲の約二百の銃口が敵鉄砲足軽を一斉に捉《とら》える。
敵は弾込めを急ぐが完了しない。
丹波「動けぬ者に鉛弾を食らわせるは少々不憫じゃが、武門の習い故全員討ち取れ！」
騎馬鉄砲の銃口が一斉に火を噴く。

○　長野口内

銃弾が絶え間なく撃ち込まれている。城塀の屋根では跳弾が飛び交い、鉄砲狭間《はざま》の兵までもが弾を食らっている。身を縮めているほかない忍城兵三百。
鉄砲狭間から外を窺《うかが》っている和泉。
和泉「（銃弾が付近の城塀に当たり）うお！（と狭間から離れ）こりゃどうもならんな」
城方使番「（来て）正木様が佐間口にて敵馬廻役を討ち取り申した」

和泉　「こっちはこの通りだ、見てみな」

城方使番「（鉄砲狭間から外を見る）あ」

鉄砲狭間から見ると、忍川を隔てて千人程度の敵鉄砲足軽が三段に並び絶え間なく弾を浴びせている。

和泉　「三段撃ちでじりじりと迫りおった。古い手じゃがこれが効く。この将なかなかやるぞ」

○　同外・吉継の陣

吉継　「（馬上、中軍で）頃は良し、門を打ち破れ！（と采配を振る）」

先鋒の群れの中から数十人で抱えた丸太が現れそのまま長野口の門に突進する。橋を渡って門に激突する丸太。

○　同内

門がズシンと揺らぐ。

和泉　「（城方使番に）おのれが見ておれ！　鉄砲組が川に入れば教えろ。全員だぞ！（と馬に飛び乗り、門の正面に走らせる）」

城門に向け槍を揃《そろ》える城兵たちの先頭に馬を乗り付ける和泉。
門が再び揺らぐ。

和泉「(小さく) 鉄砲組をいらんなんて言うんじゃなかったぜ (城方使番に) まだか!」

城方使番「(外を見て) までござる!」
門がまた揺らぎ閂《かんぬき》に亀裂《きれつ》が入る。

○ 同外・城塀傍の忍川
城塀の鉄砲狭間が間近に見える。浅い川に足を踏み入れる敵鉄砲足軽の一列目。

○ 同内

城方使番「入った、入り申した!」
和泉「全員か!」
城方使番「いや! まだ一段目でござる!」
和泉「全員と申しただろうが!」

門がズシンと揺らぐ。門は折れる寸前。

和泉「（門を見つめて身構える）」

○　下忍口外

靭負は受けに回っている。

三成の馬廻役「（靭負の太刀を跳ね飛ばす）」

靭負「（えっという感じで手のひらを見て小刀を抜き、殺到する太刀を危うく受ける）」

老兵「靭負殿！　勝てそうか」

靭負「（太刀を受けながら）見ればわかるでしょう、全然駄目じゃ！」

どんどん打ち込んでくる三成の馬廻役。

老兵「靭負殿逃げましょうぞ（と逃げ腰）」

靭負「その言葉を待っていた！」

槍を拾って逃げる靭負。続く老兵たち。

三成の馬廻役「（追わずに）……」

三成「（中軍の馬上、伸び上がって見ていて）逃げるか。機を逃すな、追え！」

太鼓が鳴り、あぜ道上の先鋒が駆けだす。

三成の馬廻役「（目の前を過ぎていく足軽たちに）待て、追ってはならん！（と馬に飛び乗り、先鋒と共に門に向かう）」

○　同内

開け放たれた門からどっと乱入する敵足軽たち、暗い森の中をどんどん奥へ。

三成の馬廻役「（入ってきて森の静けさに気付いて馬を止める）」
乱入した敵足軽も歩みを止める。

三成の馬廻役「（森の中を凝視する）」
森の暗闇で無数の目玉が輝いている。

三成の馬廻役「……やはりそうか」
三百の城兵が木の陰から姿を現し、乱入した敵兵を包囲する。

靭負「（騎馬で、先ほどとはうって変わった凛々《りり》しさで）半数は討ち取り、残りは門の外に叩き出せ！」
一斉に槍を繰り出す城兵たち。串刺しになる三成の馬廻役。生き残った敵兵は門外に逃げ出す。

○　同外

どっと押し出される敵兵たち。門内に突入しようとしていた兵とかち合わせになり、大混乱になる。

三成「なんじゃ、どうしたのじゃ！」

城塀に沿って立っていた旗が生き生きと動き出したかと思うと城兵が門に現れ、次々に敵兵を追い落とすのが見える。

三成「策に嵌《はま》ったか！」

敵兵を追い出しきったところで靭負が騎馬で門前に姿を現す。門前は敵兵で大混乱。水田に逃げ込む敵兵もいる。

靭負「（さっと右手を上げる）」

城塀越しに城方鉄砲組が一斉に姿を現す。

靭負「放て！」

城方鉄砲組の一斉射撃。寄せ手の先鋒の混乱は後方へと波及し始める。

靭負「首は置き捨て！　者共続け！」

「置き捨て、置き捨ての下知じゃ！」と叫びながら靭負に続く騎馬武者たち。騎馬武者に続く兵と百姓たち。

靭負「（怒号を上げながら、逃げ惑うあぜ道上の寄せ手にどんどん槍を入れる）」

三成「（中軍で）隼人は！　討たれたのか！」

敵使番　「(騎馬で三成のもとに来て) もはや先鋒は収拾がつきませぬ！」
今や三成のいる中軍までもが、先鋒の混乱に巻き込まれて下がり始めている。
三成　「百姓の士気がなぜああも高い！(と馬首を巡らし) 引け！　態勢を立て直す！」

○　長野口内

門が破られ、丸太とともに敵騎馬武者と足軽たちが乱入してくる。
和泉　「まだか！」
城方使番「(鉄砲狭間から覗きながら) まだ二段目でござる！」
敵騎馬武者「大谷家家中、前野与左衛門、一番乗り！」
和泉　「(後ろの足軽たちに) 下がれ！」
槍を構えつつ下がる城兵たち。
敵騎馬武者が和泉たちに迫る。
門からは次々に敵兵が乱入する。
城方使番「入った！　三段目も入り申した！」
和泉　「(馬を後ろに下げながら) 合図を！ (と後方の兵に叫ぶ)」
城兵の最後尾にいた射手が火矢を引き絞り、空中高く射る。

○　同外・忍川の上流

敵兵はいない。城兵数人が川の堰《せき》のところで待機している。
長野口から上がった火矢が見えた。

城兵「来た！　やるぞ！」
用意した大槌《おおづち》を振り上げると、一振りで堰を叩き壊す兵たち。轟音をたてながら一気に下流へと流れ込む河水。

○　同外・吉継の陣

吉継「(中軍で、轟音が聞こえて、気付き) いかん！　先鋒を戻せ、川から引き上げろ！」

○　同外・忍川の中

敵鉄砲足軽「(川の中で城塀に向かっていたが、轟音に気付き上流を見る)」
すでに眼前に激流が迫っている。

ことごとく激流に押し流される敵鉄砲足軽たち。激流は門前にかかった橋をも敵兵ごと押し流していく。

○　同内

城方使番「（城塀から振り返って和泉を見る）」

和泉「（にやりと笑い、敵騎馬武者を見る）」

退路を絶たれた二百程度の敵兵は前進を止め、門外で起きた惨劇に脱力している。

敵騎馬武者「（後方の門を呆然と見ている）」

和泉「おい、どこを見ておる。武功一等、柴崎和泉守を前にして、後ろを振り返るとは何事じゃ！（と槍を繰り出す）」

はっと我に返った敵騎馬武者の胸を突き、そのまま持ち上げてしまう和泉。

驚愕して後ずさりする敵兵たち。

和泉「（騎馬武者の死骸を槍を振って投げ捨て）者共、遠慮はいらねえ。上方の者共を皆殺しにせい！（と槍を突き出す）」

○　佐間口外

丹波「（門付近にいて鉄砲足軽に）弾込めは！」
鉄砲足軽「（他の馬の上で）終わり申した！」
丹波「続け！（と再び敵先鋒に馬を走らせる）」

四千の大軍に向かいあぜ道を突進する丹波ら騎馬鉄砲。

正家「（中軍で）我が軍勢は何をしておる！」
敵家臣「これでも進んでおるのでござりまする。田が異様に深く、兵が進めませぬ！」
正家「あぜ道を行けばよいではないか！」
敵家臣「あぜ道にはあの男がおるではないか！（と声を荒らげて丹波らを指差す）」
丹波「（敵先鋒の直前に来て）構え！」

馬上の鉄砲足軽たちが銃を構える。
敵先鋒の進軍止まる。

丹波「（敵兵たちに）おのれら、火縄の消えた種子島を拾うて何をしておる」
敵兵たち「（焦る）」
丹波「（気合をかけてあぜ道をゆっくり進む）」

後退するあぜ道上の敵兵。

○　同内

海の割れるが如く、丹波ら九十の騎馬鉄砲が大軍を割って進んでいくのが
見える。

たへえ「(城塀ごしに見ていて)正木様とはこれほどのお人じゃったか。よう首がつながってたもんだ」

○　同外

田の中の敵兵の目の前を、あぜ道上の丹波らが悠然と進む。

丹波「寄るなよ、構えて寄るな。近付く者はことごとく我が朱槍の餌食と心得よ!」

横殴りに槍を振い、周りの敵兵の首を刈り取る丹波。波紋が広がるように丹波の周囲から敵兵が逃げていく。

丹波「(佐間口に向かい)足軽共、出よ!」

門からどっと出てくる百姓と兵たち。槍を持った百姓たちは楽々と深田を進み敵先鋒に迫る。逃げる田圃の中の敵先鋒。

たへえ「(絶叫して田圃の中を進む)」

丹波「(怒号を上げて馬の速度を上げる)」

あぜ道の上の敵兵たちも走って逃げる。

丹波　「（敵のど真中で止まり）どうした、これまでか！　まだ一刻とたっておらんぞ！」

丹波をかすめながら逃げていく敵兵たち。

正家　「（自軍の波が中軍に押し寄せてくるのが見える。驚愕）」
敵使番「（来て）石田家これより退却致す！」
正家　「治部少が負けたか！　長束家も引く！」

○　長野口外

依然続く忍川の激流。

吉継　「（中軍で）鉄砲組が全滅では是非もない。退くぞ（と馬首を巡らす）」
和泉　「（門の所に出て）退くか！　ならば戦記に記せ！　城方総大将は成田長親！この長野口の大将は武功一等、柴崎和泉守じゃ！」
吉継　「（笑って）大谷吉継じゃ、承った！」

○　佐間口内

勝ち鬨の中、門を入る丹波ら騎馬鉄砲。

丹波　「(馬を止め、長野口と下忍口からも勝ち鬨があがっているのを聞いて) 和泉と靭負もやったか (と馬を進ませる)」

城塀の上から喝采を浴びせる城兵たち。

和尚　「(来て) おい、正木のガキ大将！」
丹波　「(馬を止め) おう和尚か、勝ったぞ」
和尚　「何が勝ったもんか、次に攻め込む時はこんなもんじゃないぞ」
丹波　「うむ」
和尚　「早う終わらせい。うるそうて朝寝ができんではないか」
丹波　「へっ (と笑う)」

そこに握り飯をざるに満載した女たちが城内側の門から来る。

丹波　「嬢よ、一つくれんか」
かよ　「(よろよろと小さめのざるを抱え) 駄目じゃ、馬になど乗って楽をしおって。これはちゃんと働いたおじちゃんたちにやるんだから」

止めに入るちよにいいと眼で示す丹波。

丹波　「しかしわしも少しは働いたぞ」
かよ　「本当か」
丹波　「いや本当」
かよ　「(やるよ、という感じでざるを上げる)」

丹波　「ありがてえ（と馬上から握り飯を取る）」
和尚　「（大笑する）」
丹波　「へっ（と笑って、ちよにうなずく）」
ちよ　「（頭を下げるが笑ってしまう）」
　　　女たちもつられて笑う。
丹波　「士気は高い。勝てるぞ（と握り飯に喰らいつく）」

○　三成の兵舎の中
　　　三成、吉継、正家らが軍議の最中。
合力の将1「まるで地侍の戦じゃ。何をしでかすかわからん」
正家　「問題は深田じゃ、これでは大軍を擁したところで使うことができぬ」
合力の将2「いずれ、あなどれぬぞこの城の総大将は」
吉継　「長野口の大将が成田長親じゃと申しておった。あれほどの侍大将を縦横に使いこなす総大将とはいかなる男か」
正家　「とても優れた将とは見えなんだが」
　　　一同沈黙。
三成　「（小さく笑い）やりおるわ、あやつら（と諸将に）各々方！」

三成に注目する一同。

三成　「三成は水攻めに決しましたぞ」

合力の将1「なんですと」

三成　「ついては堤を築くのに備え、各々陣を下げられよ。その前に丸墓山にて水攻めの縄張りを示す」

合力の将1「水攻めならば御味方の勝利間違いござらんな。ならば初めからそうなさればよかったのだ（と座を立つ）」

合力の将2「これでは何のために参陣したのかわからぬ、御免（と立つ）」

三成、吉継、正家の三人となる。

吉継　「治部少、何ゆえ水攻めだ！　水攻めなど合力の将が手柄を立てる機会がないではないか。おのれは総大将なのだぞ。将の心を得ずして何とする！」

三成　「水攻めで勝つ。わしは誰が何と申そうとやるぞ（と立つ）」

○　丸墓山の頂上

三成を囲んで吉継と正家と諸将。

三成　「城の下流のあたりで（忍城に向かって右側を指し）利根川と（左を指し）荒川を結ぶ堤を築く」

周囲を見渡す諸将。忍城を挟む形でかなたに二つの川が流れているのが見える。

三成　「後は上流で川を決壊させ待つだけじゃ」
合力の将1「どれだけ長大な堤をお作りなさるつもりじゃ（と呆然《ぼうぜん》とする）」
三成　「ざっと七里か」
合力の将2「七里じゃと！」
三成　「四日もあればできる。正家、延べ十万人を昼夜兼業で四日働かせたなら幾らかかる」
正家　「殿下と同じやり方か。いくら払う」
三成　「昼は永楽銭六十文、夜は百文。それぞれ米一升つける」
合力の将1「銭を払うのか！」
正家　「米にしておよそ七十万石か」
三成　「さすが天下無双の算術」
正家　「殿下をしのぐ銭のかけ方じゃぞ」
三成　「（笑って）各々、近隣遠方を問わず村という村に触れを出し、人数をかき集められよ。正家、やれるか」
正家　「利に転ばぬ者などおらぬ。女子供までが争うてくるわ」
吉継　「（苦い顔でその様子を見ている）」

そこにかぞうが兵に連れられて来る。

三成「来たか（とかぞうの方へ）」

吉継「(三成の傍に寄り）何者じゃ」

三成「城下の百姓よ。成田長親を見知っておるらしい（とかぞうに）名は」

かぞう「(急いで平伏して）下忍村かぞうにござりまする」

三成「なぜ百姓が成田長親を見知っておる」

かぞう「へえ、のぼう様は野良仕事とあれば必ず手伝いに来られますゆえ」

三成「のぼう様？」

かぞう「あ、長親様のことでござりまする」

吉継「なぜのぼう様じゃ」

かぞう「それが、その……。でくの坊ゆえ、皆のぼう様、のぼう様と」

三成「聞けば激怒するであろう」

かぞう「面と向かって呼びまするが一向に」

合力の諸将と正家、大笑する。

三成「(真顔になり）どう思う」

吉継「でくの坊と呼ばれ平然としておる男か。果たして賢か愚か」

○　佐間口内

城兵　「（櫓の上で）正木様、敵が逃げまする！」
丹波　「門を開けろ！（と城外側の門から外へ）」
　　地平線のかなたに向かって正家の軍勢が後退していくのが小さく見える。
丹波　「（険しい顔つき）」

○　長野口内

　　吉継の陣が下がるのを門のところで見ている和泉。敵陣を見ようと門に群がる城兵たち。
城兵　「柴崎様、あきらめたのござろうか」
和泉　「馬鹿野郎これから大技が出るんだよ」

○　丸墓山の頂上

　　忍城の包囲陣が解かれ、どんどん軍勢が城から離れていくのを見ている三成。

○　小田原城本丸の居館・大広間

上段の間に北条氏政と氏直。下座で平伏する氏長と泰高。

氏政「喜べ、忍城が緒戦に勝利したぞ！」

氏長「（ぎょっとなる）」

氏政「石田三成らの軍勢二万を手もなく退けおった。今なお頑強に抵抗を続けておる。氏長殿よ、お手前も城の家臣どもに負けぬよう励まれよ」

氏長「は（と動揺）」

○　同・廊下

早足で来る氏長と泰高。

氏長「なぜ戦になり、しかも勝っておる！」

泰高「さて」

氏長「いずれ関白への内通はこれで反故《ほご》になった。関白が何をしてくるか」

○　忍城外の堤の建設現場（数日後の昼）

未耕の土地を掘り下げて土を取り、土を俵に詰め、土俵を堤の形に積み上げている十万の百姓の群れと二万の兵たち。建設中の人工堤がかなたまで続いている。

○その一角

かぞうが俵に土を詰めている。

百姓1「どっから来た」
かぞう「忍城下の下忍村じゃ」
百姓1「城下？　不忠もんじゃな」
かぞう「うるせえ！　百姓に不忠も糞もあるか」

○丸墓山の頂上

丸墓山を起点として建設中の人工堤が延々と続くのを見ている三成と吉継。

三成「うんうん（と反対側に行く）」

山の反対側でも同様の光景が見える。

三成「（興奮して）うんうん」

吉継　「結局これがやりたかっただけか」
三成　「あの城の者共、敵ながら見事な奴らじゃ。しかし死力を尽くして戦う敵に圧倒的な武力と銭で臨む。それが殿下の戦よ」

○佐間口内・櫓の上（夜）
　堤に沿ってかがり火が連なっているのが見える。櫓から見ると光の橋が出現したかのようだ。

丹波　「（上ってきた長親に気付き）見ろ」
長親　「変わった戦じゃの」
丹波　「何をしてるかわかるか」
長親　「いいや」
丹波　「堤だ。利根川と荒川を結んでおる」
長親　「ふむ」
丹波　「上流で（と城を基点にして堤の反対側を指差し）川を決壊させ、あの堤で（と堤を指し）水を堰《せ》き止めればどうなる」
長親　「城は水に沈むな」
丹波　「水攻めだ。八年前関白が備中高松でやりおった戦術よ。城方はついに降るしか手はなかった」
長親「へえ」
丹波「（改めて長親を見て）驚かぬか」
長親「別に、丹波も案外と馬鹿じゃな」
丹波「何」
長親「あの堤を作っておるのは誰じゃ」
丹波「百姓共だろう。銭欲しさにやっておるのだ。高松でも銭をばら撒《ま》いた」
長親「なら案ずることはないではないか」
丹波「何が案ずることはないだ」
長親「だから馬鹿だって言うんだよ」
丹波「（その長親の横顔を解《げ》せぬ感じで見る）」

○　人工堤の上（数日後の昼）

冒頭の秀吉の如く、完成した人工堤の上に立つ三成。その横には吉継と正家。
巨大な人工堤はかなたまで続き、その上には二万の敵兵が立っている。
三成「この戦が語り継がれるよう、この堤を石田堤と名付けよう」

吉継「勝手にせい。治部少よ、望みを果たせ」

三成「無論（と大きく息を吸い）決壊させよ！」

同時に堤の上の敵兵が鉦《かね》を乱打しながら地響きのような鬨の声を上げる。

○利根川の堤

鉦と鬨の声が聞こえてくる。それを合図に敵兵が堤の上で「やれ！」と叫ぶと、堤の数箇所で火薬が次々に炸裂《さくれつ》し河水がどっと城に向けて流れ込む。

○荒川の堤

火薬が炸裂して氾濫《はんらん》する荒川。

○忍城長野口外

和泉が門を勢いよく開けて出てきて、城外を見渡す。

荒らされた田圃が広がる。この時、鬨の声と鉦が止《や》み一瞬の静寂が訪れる。

和泉「（目を凝らす）」

地鳴りのような音が聞こえ、かなたに津波のような濁流が小さく見えてくる。

和泉「逃げろ！」

○佐間口内

地鳴りは強さを増し、はっきりと聞こえる。城内側の門に殺到する城兵たち。

丹波「(馬に飛び乗り) 本丸の地勢が高い。御館だろうがなんだろうが上がってかまわん、逃げよ！」

○下忍口内

地鳴りの中、森の木々の間を逃げる城兵。

靭負「(馬上で) 本丸へ逃げよ！」

○長野口内

城兵は既に避難していて無人。門を押し開けて濁流が押し寄せる。

○　城下町の道

無人である。目抜き通りを濁流が勢いよく進む。濁流はみるみる深さを増し、家々の屋根をすでに飲み込みそうな勢いだ。

○　佐間口内

ここも無人である。濁流は城内側の門から入り城外側の門へと突き進む。

○　石田堤の上

忍城を洗い流した濁流が人工堤にも押し寄せてくる。

三成「(迫る濁流を見て）来るぞー！」

吉継「流されてもわしは知らんからな」

人工堤に激突する濁流。七里の堤に次々と水飛沫が上がる。

三成「(水飛沫を浴びて秀吉の気分に浸る)」

○　忍城二の丸

森の中を百姓と城兵たちが走っている。背後には濁流が迫る。

和尚「(懸命に走る)」
丹波「(馬で追い付き) 和尚も走るのか」
和尚「つまらぬことを言ってないで乗せろ!」
丹波「その元気なら本丸まで行けるな (と追い越していく)」

丹波の前方でちよとかよが走っている。

丹波「(かよに) 嬢!」
かよ「(振り向き) おっ母を乗せてくれ!」
ちよ「(かぶりを振って) この子を!」
丹波「泣かせるね (とちよを馬上に引き上げて、続いてかよをヒョイと馬に乗せる)」
靭負「(老兵を乗せて) お先に (と丹波を追い越していく)」

○　本丸と二の丸を繋ぐ橋付近

本丸に向かい橋を争って渡る百姓たち。が、群衆がつかえて本丸の門に入れそうもない。

丹波　「（ちよとかよを乗せて来て）どうした！」

靭負　「（既にいて）本丸が満杯なんです！」

丹波　「館に入れば二千人は収まるはずだぞ！」

和泉　「（来て）二の丸が沈むぞ！」

丹波　「（和泉に）逃げ遅れた者はおらんか」

和泉　「（後ろを見て）あやつらで終わりだ」

和尚　「（息も絶え絶えで来て）こら正木のガキ大将、早う本丸に上げんか！」

○　本丸の居館・表

本丸の敷地内はすでに満杯である。

玄関前にも百姓が群がる。兵が「館に上がれ！」と叫んでいるが、百姓はお互い顔を見合わせて、入りあぐねている。

甲斐姫　「（玄関前で）百姓だろうと構わん。御館に上がれ！」

百姓たち、自分の汚い足と甲斐姫の足を見比べて「上がれない」という表情。

長親　「（居館内から玄関前に裸足で現れ）皆土足でな（と土を足に擦《こす》り付ける）」

その様子を怪訝《けげん》に見つめる百姓たち。

長親「わし一人が土足なんて言ったら、わしが丹波の奴に叱《しか》られてしまうからな（とそのまま居館の中に入ってしまう）」

百姓たち、どっと居館内になだれ込む。

甲斐姫「（微笑む）」

○　本丸と二の丸を繋ぐ橋付近

橋の上の群れが動き始める。

丹波「（後ろの百姓たちに）先に行け！」

橋を渡る最後尾の百姓たち。

和尚「（最後尾の百姓に続きながら）殺す気か」

丹波「（微笑んで）早う行かれよ」

残る丹波、靭負、和泉の馬を濁流の第一波が洗う。

続く巨大な第二波が森の木々に激突しながら迫ってくる。

丹波「（第二波を見て）急げ！」

○　石田堤の上

かぞうと百姓数人が顔だけを出して一変した光景を見ている。
堤の内側は一面の湖。忍城は森の木々と櫓、本丸を残して水没している。

百姓1　「(かぞうに) お前の田も水の下か」

かぞう　「(うなずき) 悪いのはあの城の侍どもじゃ。おとなしく降参していればこんな羽目にはならんかったんじゃ!」

○　忍城本丸の城塀辺り

本丸を取り囲む城塀から身を乗り出して、城外を見る城方の百姓たち。城外は一面の湖。かなたに丸墓山と石田堤が見える。
「見ろ、まるで湖じゃ」「戦さえなけりゃ」などと口々につぶやいている。

たへえ　「(百姓らのつぶやきを聞く。不安)」

○　石田堤の上

三成　「(頼りなく湖上に浮かぶ忍城を見て) さあどう出る、忍ぶの城のつわもの共よ」

○　月下の湖上に浮かぶ忍城（夜）

堤の上のかがり火が忍城を囲んでいる。

○　忍城本丸の居館・廊下

襖が取り払われた部屋という部屋に兵や百姓たちがぎっちり詰まっている。
子供を抱いた女や老人たちが、廊下を行く丹波を恨めしげに見つめる。

丹波「（視線に気付きながら歩く）」

場所を取り合って喧嘩する兵がいる。

丹波「（それを横目で見ながら廊下を行く）」

○　同・書院

重臣たちで狭い書院が隙間《すきま》もなく埋まっている。長親、和泉、靭負もいる。

丹波「（襖を開けて入り）まずいな（と座る）」
和泉「ああ、緒戦の勝ちを忘れ、わずか半日で百姓も兵も士気を失ってるぜ」
丹波「無理もない、こんな戦を目《ま》の当たりにしたんじゃな」

靭負　「田ですよ、田。田圃を沈められた怒りが我らに向いてるんですよ」
丹波　「水かさは今も増し続けておる。この分では明日には本丸も危ないやもしれぬ」
和泉　「これをやられちゃな、手も足も出ねえ」
丹波　「……降るしかないか、長親」
長親　「水攻めは破れる。わしは降らんぞ」
丹波　「どう破ると申すのだ！」
　そこに兵が飛び込んできて「本丸門前に死骸が流れついてござりまする」
　と叫ぶ。
長親　「（気付き書院を飛び出す）」

○　本丸と二の丸を繋ぐ橋付近
　本丸の門前に流れ着いた小舟に百姓の死骸。男の死骸は小刀を握りしめている。
長親　「（小刀に気付き呆然）」
　到着する重臣一同。
和泉　「逃げたが敵兵に斬られたか」
丹波　「（長親に）あの小刀、お前の差料《さしりょう》だな」

長親　「降ると申すので、わしが与えたんだ」
丹波　「みすみす城外へ逃がしたのか！」
長親　「（うなずき）わしが甘かった」
和泉　「野郎共、降った百姓を斬りやがんのか」
長親　「丹波、わしは水攻めを破るぞ」
丹波　「だから、どうするというのだ！」
長親　「わしは悪人になる」

○　丸墓山の頂上（翌日）

吉継、合力の武将らが頂上に登ってくる。正家はまだ来ない。

吉継　「（待っていた三成に）何事じゃ治部少」
三成　「あれを見ろ！（と忍城の方を指差す）」

○　忍城本丸の城塀付近

城塀傍の湖に数艘《すうそう》の小舟が待機している。小舟には太鼓や銅鑼《どら》、鉦、笛などの鳴り物師が衣裳を纏《まと》って乗る。丹波と和泉が乗った舟もあり、また別の舟には華麗な衣裳を纏った長親が乗っている。
城塀から歓声を上げる百姓と兵たち。

靭負「（城塀から見ていて）何かと思えば、踊りですか。何を考えてんだろ城代は」

甲斐姫「（靭負に並んでいる。不安）」

○　丸墓山の頂上

吉継「何の騒ぎじゃあれは」

三成「ますます面白き奴らじゃ、水攻めなど平気じゃと申したいのだよ」

○　城塀付近の湖上

長親「（小舟で）いざ丸墓山へ、者共続け！」
数艘の小舟が鳴り物もにぎやかに進む。
城塀で喝采を浴びせる兵や百姓たち。

○　小舟の上

併走する長親と丹波の舟。

和泉「田楽踊りで兵の士気を上げようなんざ、城代らしいぜ」
長親「丹波！　舟を止めよ」
丹波「（後方に続く舟に）その場で留まれ！」

城と丸墓山の中間辺りで止まる船団。

長親「丹波よ」
丹波「なんだ」
長親「後は頼んだぞ（と船頭に）やってくれ」

長親の舟だけ、前方の丸墓山に接近する。

和泉「頼むって何をだよ」
丹波「（黙って考えている）」

○　長親の乗った小舟の上

丸墓山にどんどん近付いていく長親の小舟。前方には丸墓山を基点に巨大な人工堤が左右のかなたまで延びている。近くに寄ると、人工堤は崖のようである。

長親「（立ち上がり）さあ上方勢の皆々様、これより舞うは忍城下に保元・平治のころより伝わる田楽舞じゃ。水攻め戦の徒然《つれづれ》におのおの存分にお楽しみあれ！」

石田堤の敵兵たちどっと歓声を上げる。

長親　「（歓声の中で）せえの！」

後方に残した小舟の鳴り物師が楽器を鳴らし始める。それに合わせて踊る長親。豊作を祈願するその踊りはとても卑猥《ひわい》である。どっと笑う二万の敵兵たち。

長親　「（踊りの動きで船頭の方を見た瞬間）もっと近づけ」
○　石田堤の上
顔だけ出して長親を見ているかぞう。
かぞう　「（だんだんと笑いが起きてしまう）」
○　丸墓山の頂上
更に近付く長親の小舟。射程距離である。
三成　「まだ近付くか！　何と豪気な」
吉継　「（真顔でいる）」

正家「（頂上に上ってくる）」
三成「正家、見よ（と長親の小舟を指差し）二万の敵を前に田楽舞とは。いずれ名のある武者であろう（と家臣に）誰ぞ城下の百姓でもつかまえて聞いてまいれ！」
正家「（小さく見える長親を見て、すでに絶句）百姓などに聞く必要はない」
三成「ん」
正家「名のある武者どころか、田楽舞を舞うあの男こそ成田家総大将、成田長親じゃ！」
三成「何！（と真顔になる）」

○長親の小舟の上

長親が踊る。いつの間にか袴《はかま》を脱ぐと尻をぺろりと出す。敵兵の爆笑が聞こえる。

○本丸の城塀

城兵たちも爆笑している。

靭負「あきれたね。敵味方を瞬時にまとめちゃったよ」

甲斐姫　「あいつ死ぬ気だ」

○　丸墓山の頂上

兵　「(上がってきて) 関白殿下より御使者が参ってござりまする」
三成　「ん? (と使者の方を見る)」
　三成の前に進む使者、書状を渡す。
三成　「(読んで顔色を変え) 殿下が来られる」
正家　「何!」
三成　「前田殿を連れ水攻め見物に来られる」
吉継　「(小さく) 殿下、余計なことを」
三成　「(考えていたが) 雑賀《さいか》の鉄砲上手がおったな、あれを連れて来い」
　踵《きびす》を返してふもとに下りる兵。
吉継　「(顔色を変え) 待て、それはならん!」

○　丹波と和泉の乗った小舟

　離れた小舟で長親が踊るのが見える。

丹波「弔《とむら》い合戦に持ち込む気だ」
和泉「弔い合戦？」
丹波「おのれが撃たれ死ぬことで兵共の士気を取り戻そうとしておるのだ」
和泉「うん？　総大将が討たれりゃ士気どころか、皆開城を望むようになるじゃねえか」
丹波「長親の名を聞けば百姓共は笑いだしたであろう。兵共が長親を見る眼差《まなざ》しを見たであろう。皆好いておるのだ、あの馬鹿を！　そのような者が討たれれば我が兵共は（と忍城を指し）どう出ると思う」
和泉「（真顔になる）」
丹波「あの馬鹿はそれを重々承知でこんな策に出おった。あれほどの悪人はおらんぞ（船頭に）舟を出せ！　あいつを止める」

○　丸墓山の頂上

吉継「あの者を撃ってみろ、敵はどういう手に出てくるかわからんぞ！」
三成「うるさい！」
　　雑賀衆の狙撃兵《そげきへい》が上ってくる。
三成「（狙撃兵に）あの者を討ち取れ」

狙撃兵「（暗く）御意（と弾込めを始める）」
吉継「（三成に）このまま対陣しておれば十分勝てる。お前は待っておればよいのだ」
正家「総大将を討てば戦は終わりじゃないか」
吉継「（正家に）戦を知らぬおのれは黙っておれ！（三成に）見ろ、兵共を見ろ！敵も味方もあの者に魅せられておる。明らかに将器じゃ。下手に手を出せば窮地に追い込まれるは我らの方じゃぞ！」

敵味方からどっと歓声が上がる。

三成「（狙撃兵に）まだか！」
狙撃兵「されば（と長親に狙《ねら》いを付ける）」

銃口の先に小さく見える長親。

吉継「（狙撃兵に）待て（と三成に）考え直せ、わからんのか、あの城の者共は、古より血で血を洗う無数の戦場で生き残った坂東武者の末裔《まつえい》なのだぞ。親討たれれば子はその屍《しかばね》を乗り越え戦い続ける坂東武者の血が、兵はおろか百姓共の隅々にまで流れておるのだ！」

○　本丸の城塀

城塀際で歓声を上げる百姓と兵たちの顔。そして靭負と甲斐姫の顔。

○　丹波と和泉の舟

怒声を上げて船頭を叱咤《しった》している丹波。真顔で前方の長親を見つめる和泉。

○　丸墓山の頂上

三成　「（狙撃兵に）早う撃たんか！」
狙撃兵　「はっ（と改めて狙いを定める）」
吉継　「やめろ！（と銃を押さえる）」
三成　「（家臣たちに）刑部を押さえろ！」
吉継に組み付く家臣数人。
吉継　「（押さえられながら）離さんか！　聞け治部少、成田家はすでに降っておる！城主の成田氏長は殿下に内通の意を示しておるのだ。戦わずともいずれ勝てる！」
三成　「何（一瞬呆然となるが狙撃兵に）撃て」
狙撃兵　「（狙う）」
吉継　「やめろ！」
銃口の先の長親、背を向けていたが、くるりと丸墓山の方を向き、明らかに狙撃兵の姿を認め微笑する。

狙撃兵　「(長親と目が合い驚いた拍子に発砲)」

銃声。

○　長親の小舟の上

撃たれて船外に吹っ飛ぶ長親。

○　丹波と和泉の舟の上

長親の舟の目前まで来ている。

丹波　「(湖に飛び込む)」

○　本丸の城塀

一瞬で静まり返る城兵たち。

甲斐姫　「長親!(と城塀から湖に飛び込む)」

靭負　「姫!(飛び込む)」

○　石田堤の上

静まり返る敵兵たち。

○　湖の中

丹波　「（湖上に浮かぶ長親を抱き）長親！」
長親　「（目覚めて微笑みまた気を失う）」
丹波　「馬鹿野郎！」

○　丸墓山の頂上

静まり返る諸将が見る中、三成が山を下りていく。

吉継　「（押さえていた家臣らに）離せ！（と身体を揺すり）これでこの戦泥沼となったぞ」

○　石田堤の上

かぞう、堤に半身を乗り出して湖上の長親たちを見ている。

かぞう　「（怒りの目で丸墓山の方を睨む）」

○　忍城本丸の居館・奥の寝間（夜）

丹波、和泉、甲斐姫、珠が夜具の中の長親を囲んでいる。

長親　「（目覚める）」

甲斐姫　「長親！」

丹波　「肩をやられておる。そのままでおれ」

長親　「……城の皆の様子は」

丹波　「驚くな、兵も百姓も上方討つべしと騒いでおるわ。おのれの狙い通りにな」

甲斐姫　「狙い通り？　どういうことじゃ丹波」

丹波　「うむ（と口を濁す）」

甲斐姫　「長親！」

和泉　「城代が撃たれて死にゃ、兵共の士気が上がると田楽舞を舞ったんじゃ」

甲斐姫　「まことか長親」

長親　「いやあ」

甲斐姫　「何がいやあじゃ、この馬鹿者！（と長親に摑みかかり）士気を上げるためお前は死ぬつもりだったのか！（と叩く）」
長親　「痛、姫痛い！」
丹波　「姫！　御免！（と甲斐姫に組み付く）」
甲斐姫　「（身体をひょいと一振りすると丹波の身体が吹っ飛んでいく）」
丹波　「和泉、助けろ！　体術を使うぞ」
和泉　「おう（と組み付くが一瞬で飛ばされる）」
珠　「（飛び交う男たちを見てホホと笑う）」

○　同・大広間

靭負に詰め寄る兵と百姓たちで騒然。

城兵1　「なぜ打って出ぬ！　のぼう様が撃たれたのじゃぞ。弔い合戦じゃ！」
靭負　「死んでなどいませんよ、手傷です」
城兵2　「舟で城を抜け夜襲を掛けようぞ！」
靭負　「駄目ですよ、わずか数十艘に何人が乗れるって言うんですか」
「なら我らだけで行こう！」と兵の声。
靭負　「待ってくださいって！　困ったなあもう」

たへえの声「静まりなされ」
たへえのために場所を空ける一同。
たへえ「下忍村のたへえじゃ。村の水練上手を三人放った。もはや堤にたどり着くころじゃろう。この者共が堤を崩す」

○　湖上

月明かりの下、三人の水練上手が無数のかがり火が点《とも》る堤に向かって泳いでいる。

○　石田堤の陸側

かがり火の明かりが届かない堤の陸側にぽっかりと穴が空いている。
その穴から俵を持って出てくるかぞう。俵を外に置くと、また穴に入っていく。

○　穴の中

かぞう　「ちきしょう、ちきしょう！（と泣きながら積載された俵を抜き出している）」

天井からは俵からこぼれる土が降ってきて今にも落盤しそうだ。

「おい」と声を掛けられてはっと振り返るかぞう。慌てて穴の外へ。

○　石田堤の陸側

百姓が数人いる。

留　「なんじゃ下忍村のかぞうか」
かぞう　「持田村の留か。何しにきた」
留　「決まってんだろ。これを崩しにきたんだよ。あの野郎共、のぼう様に手え出しやがって（と連れの百姓を示し）持田村、佐間村、長野村からも城に籠らんかった者共が来ておるぞ」
かぞう　「なら手伝え（と穴に入ろうとする）」
留　「（穴を覗き）深い穴じゃの、崩れはせんか」
かぞう　「なら入るな！　俺が俵を外に出すから、おめえたちは堤に沿って俵を置いていけ。見付からんようにな」
留　「おめえ、侍が憎いんじゃなかったのか」
かぞう　「うるせえ！（と穴へ）」

○　穴の中

かぞう　「上方の野郎共見てやがれ！　よくものぼうの奴を撃ちやがったな。目に物見せてやるからな！（俵を引き抜く）」

　俵を引き抜いた瞬間、水が噴出する。水の勢いはみるみる増す。

かぞう　「うお！（と思わぬ水の勢いに驚愕）」

○　石田堤の陸側

　噴出した水に押されかぞうの身体が飛び出してくる。

かぞう　「逃げろ！（と駆け出す）」

　俵を放り出してかぞうに続く百姓たち。

○　石田堤の上

　水の音の方を見る警戒兵。水の噴出と逃げるかぞうたちを見付ける。

警戒兵　「おい！（と噴出口の方へ走る）」

その瞬間、堤が一気に崩れ落ちる。大量の水が警戒兵共々どっと流れ出す。

○　兵舎の前

敵兵が兵舎の中から飛び出してくる。

敵兵「(すでに眼前に洪水が迫っている)」

轟音と共に兵舎を飲み込む洪水。

洪水は逃げる敵兵を飲み込み、立ち並ぶ兵舎を次々になぎ倒していく。

○　湖上

水練上手たち、水の流れに気付き「城に戻れ!」と必死に泳ぐ。

○　三成の兵舎の表

三成「(飛び出してくる)」

かなたの堤が崩れ、大量の水が噴出しているのが見える。辺りには逃げ惑う兵たち。水は三成の方へも押し寄せてくる。

三成　「丸墓山へ！（と自分も走る）」

○　丸墓山の頂上

三成　「（駆け上がってきて後続に）早う上れ！」
　三成がふもとを見ると、逃げ遅れた兵たちが押し寄せる濁流に飲まれている。

三成　「くっ（とふもとから堤に目を移す）」
　堤は避難した兵たちで満載。堤の決壊した部分は自壊を始め、みるみる水量が増す。山の周辺は一面の水。

○　吉継の陣・兵舎の前

吉継　「（兵舎から出てきた感じで）治部少は！」
吉継の馬廻役「（馬で来て下馬し）水の勢い激しく、総大将の本陣に近づけませせぬ」
　決壊部の先に見える丸墓山を見る吉継。

○　石田堤の壁面

かぞうと百姓数人が壁面にしがみ付いている。足元の急流を流されていく
敵兵。

留　「(兵を見送り) えらいことになった。見付かったら打ち首どころじゃ済まんぞ」
かぞう　「(震えながら、激しくうなずく)」

○　忍城本丸の居館・廊下

「水が引いていくぞ!」と叫びながら走る百姓。広間にいた兵から女子供
までがどっと玄関に走る。

○　同・奥の寝間

長親の夜具を丹波と甲斐姫、珠が囲む。靭負と和泉はいない。「水が引い
ていくぞ!」の声が奥にも聞こえてくる。

丹波　「(はっと立ち上がり) 長親これか、水攻めを破るとはこのことだったか!」
長親　「(起きていて) 城外の百姓の皆も我らの味方よ。当たり前ではないか」
丹波　「士気を上げるが狙いではなかったか。わしとて気付かなんだぞ! (と外へ)」

○　同・表

丹波　「（本丸の門のところに来て、既にいる和泉と靭負に並ぶ）」

丹波が見ると、橋がみるみる姿を現し、二の丸も浮上しつつある。

靭負　「（脇に居たたへえを丹波に示し）この爺様の村の者が堤を崩したんです」
丹波　「お主は」
たへえ　「その節は御無礼致し申した」
丹波　「よい。ようやってくれた」

橋の辺りに姿を現す水練上手の三人。

たへえ　「（水練上手たちに）ようやった。これで城も救われるぞ」
水練上手　「いや、向かってはおったのじゃが、たどり着く前に堤が切れおった」
たへえ　「何じゃと」
水練上手　「堤が切れる前、敵兵が騒いでおった。他の誰かが堤を切ったんだ」
和泉　「なら誰の仕業だ」
丹波　「味方よ、城外の。誰かは知らぬがな」
たへえ　「（決まり悪く）はあ」

そこに爆発音が堤の方から聞こえてくる。

丹波城塀に走る丹波。和泉と靭負が続く。

城塀から城外を見ると、堤の数箇所で爆発の火花が見える。

「堤を自ら壊し水を抜いてやがる。攻めてくるぞ（と和泉と靭負に言い、皆に向かって）者共、水が退き、守り口があらわになり次第、持ち場に戻れ！」

本丸の百姓と兵たち「応」と叫ぶ。

○丸墓山の頂上

三成「（家臣を従え忍城の方を見ている）」

ゆっくりと浮上してくる忍城が見える。

吉継「（ずぶ濡れで来て）治部少無事か！」

三成「（城を見つつ）ああ」

吉継「（三成の横に並ぶ）」

三成「浮き城か、殿下の申された通りだったな」

吉継「（謝罪しようと）佐吉よ」

三成「いいさ奴らは名実共に敵よ。わしは戦をして緒戦に負けた。それだけのことだ」

そこにかぞうたちが兵に連行されてくる。

三成　「（かぞうに気付き）お前は」
兵　「この者、堤の破壊を白状致しましてござりまする」
吉継　「（かぞうに）まことか」
兵　「申し上げんか！」
かぞう　「（殴られて酷《ひど》い面相である。怯える百姓の中で一人轟然《ごうぜん》と顔を上げ）のぼうを撃たれ、田を駄目にされた百姓が黙っておると思うたか！　ざまあみやがれ！」
あまりの暴言に絶句する一同。
三成　「……利に転ばぬ者がここにおったか。この者共を離せ（と吉継に）これがあの者を撃つなと言った訳か。これが成田長親の策か！（と家臣に）水がはけ次第、総攻撃をかけると全軍に伝えよ！」

○　小田原城本丸の居館・大広間
平伏する氏長と斜め後ろに座した泰高。
氏直　「（氏政と並んで上段の間にいて）これを見よ（と書状を放る）」
氏長　「（書状を拾って読み、顔色が変わる）」
氏政　「氏長殿が猿めに送った密書だという。昨夜城内に打ち込まれた。まことではあるまい」

氏長　「（意を決し）この密書、本物にござる」
氏直　「おのれぬけぬけと」
氏長　「おのれらの無能のためにわしらがどれだけ迷惑を蒙《こうむ》っておるか、わからぬか！」
氏直　「おのれ申したな！」
　氏直の激昂《げきこう》を合図に大広間に乱入する北条家の家臣たち。氏長と泰高を取り囲む。
　そこに城外から鬨の声が聞こえてくる。
氏直　「（家臣に）待て（と障子を開ける）」
　そこから見える笠懸山の斜面は秀吉の軍勢の旗で極彩色に彩られている。

○　笠懸山の頂上

　鬨の声の中で家臣に囲まれている秀吉。

　秀吉の背後には天守閣がそびえ立つ。

秀吉　「小田原城の者共、見ておるか（と斜面で斧《おの》を構える兵たちに）時を違えるな、一斉に切り倒せ！　せえの！」

　頂上近くの斜面にいた兵たちが一斉に木に斧を入れる。木々は一斉に傾き始める。「逃げろ！」の声で頂上に向かって駆け上がる兵たち。どんどん倒れていく頂上付近の木々。木々が倒れ、開けた視界の先に小田原城が見えてくる。

秀吉「(陽に顔を晒《さら》しながら)どうだ!」

○ 小田原城本丸の居館・大広間

氏直「(笠懸山を見て)何と!」
氏政「(障子の方に駆け寄り山を見て絶句)」
氏長と泰高も笠懸山を見て絶句する。家臣たちも呆然。木々が倒れて土煙が上がる笠懸山の頂上に城が出現している。
氏政「……一夜城じゃ」
氏直「木に紙を渡し城壁に見せておるのだ」
氏長「関白がそんな小細工するか。本物じゃ」

○ 笠懸山の頂上

秀吉「見たか!」

○　小田原城本丸の居館・大広間

一夜城に見とれる一同から距離を取っていく氏長と泰高。家臣の一人がそれに気付き、柄《つか》に手を掛ける。

氏政「（その家臣に）よせ（と言い氏長に視線を移し）去りたい者には去らせよ」

氏長「長らく世話になり申した（と立礼し、泰高を伴って広間を出る）」

氏政「（呆然と一夜城を見て）相手が悪すぎた」

○　忍城長野口外

和泉「（修理した門を開けて敵陣を観望する）」

忍川を隔てて吉継の陣約六千が対峙《たいじ》する。足軽のことごとくが土俵を担いでいる。

和泉「まずいぜ、定石を打つ気だ」

○　下忍口外

靭負「（城塀に腰かけて敵陣を観望して）土俵で田を埋め尽くす気だな」

三成の軍勢七千が対峙。ここでも足軽が土俵を持っている。

三成「（馬上、中軍で）始めよ！（采配を振る）」

最前列の兵たち、土俵を田に投げ込んで後列に下がる。二列目も同様に動く。

○　佐間口外

門が開かれ丹波たち騎馬武者九十が飛び出してくる。

正家「（中軍で）出たぞ！」

あぜ道を突進する丹波たち。土俵を敷き詰めつつ前進する敵先鋒に迫る。

丹波「騎乗の士の武勇を見せるは今ぞ！」

丹波が敵先鋒の寸前に迫ったその時、敵先鋒を横切って一騎の武者が飛び出し、あぜ道の上で止まる。

一騎の武者「（両手を大きく広げ）双方待たれよ！　待たれよ！」

急停止する丹波たち。

一騎の武者「これ以上の戦は無用！　小田原城は昨日七月五日、落城し申した！」

丹波「（絶句）」

○　長野口外

佐間口と同様に敵先鋒の前に騎馬武者が立ちふさがっている。見ている和泉。

騎馬武者「成田氏長殿は無事じゃ！　忍城は速やかに開城せよとの仰《おお》せにござる！」

○　下忍口内

城塀ごしに三成の軍勢を見ている靭負。

騎馬武者「（敵先鋒の前に立ちふさがり）双方槍を納め、城方は関白殿下の軍使を受けられよ！」

三成「（中軍で呆然と）支城に先駆け、本城が落ちおったか」

○　本丸の居館・廊下

丹波がずんずん来る。

○　同・奥の寝間

がらりと襖を開けて入ってくる丹波。
既に和泉、靭負、甲斐姫、珠や重臣たちが夜具に半身を起こした長親を囲んでいる。皆沈んでいる。

丹波「(どかっと座って）長親よ」
長親「うん?」
丹波「もはや是非もない。小田原が落ちた今、天下は関白の手に落ちた。このまま戦を続ければ、忍城は天下の兵を敵に回すことになる。兵、百姓共に皆殺しになるぞ」
和泉「(仕方なくうなずき）……開城だな」
靭負「(うなずく)」
丹波「よいな長親」
長親「まだ戦は終わってないじゃないか」
丹波「戯けたことを申すな!（と畳を叩く)」

○　佐間口外

門外に現れる馬上の丹波。

三成の軍勢が固唾《かたず》を呑んで待っている。

丹波「(敵陣を見回し) 我が忍城は開城に決した！　速やかに軍使を立てられよ！」

どっと歓声を上げる三成の軍勢。

三成「(苦い顔でうなずく)」

○　湖上の一本道

大手門が開けられ、馬上の三成、吉継、正家と徒歩組《かちぐみ》数十人が一本道を来る。

正家「開城に決したとはいえ、敵の城に総大将自ら乗り込むなど、わしは感心せんぞ」

吉継「賤ケ岳《しずがたけ》の折、府中城に籠る前田様を殿下が単身訪ねたことがあっただろう」

正家「ああ」

吉継「あれの真似よ」

三成「わしは会いたいのだ、二万の軍勢を見事退けた敵の総大将に」

湖上の一本道を進む三成たち。

○　本丸の居館・廊下

　　　　案内の士に先導されて来る三成ら三人。
正家「まさか名乗るつもりではあるまいな」
三成「名乗るさ」
吉継「でないと殿下の真似にならんからな」
正家「取り込められて殺されるぞ」
三成「そのような卑怯者《ひきょうもの》が正面から戦を仕掛けてくるかよ」

○　同・大広間

　　　三成を先頭に上段の間に入ってくる三人。
　　　広間には長親を中央に、両側に丹波、和泉、靭負ら重臣と士分が居並ぶ。
長親「(肩に晒《さら》しを巻いたままで) このような様で面目ござらんな。忍城城代、成田長親でござる」
三成「総大将、石田治部少輔三成にござる」
丹波「何 (と小さくうめく)」
三成「これは長野口を攻めた大谷刑部少輔吉継。これは開戦前に会うておるな、長束大蔵少輔正家じゃ (とそれぞれ示す)」

和泉　「へえ、いい度胸してやがる」
三成　「早速じゃが、開城の条件を示す。一両日以内に士分、百姓、町人のことごとくが城を退去し、百姓は村に必ず戻すこと。士分は所領を去られよ。但し、武士をやめる者についてはその限りではない」
長親　「承った。そんだけでござるかな」
三成　「左様」
正家　「まだある！　士分は一切の家財を置き捨て所領を出よ。城の兵糧、武器刀槍のたぐいも例外ではない」
丹波　「何とそんな条件は聞いたことがない！」
正家　「天下は改まった。新たな慣習は関白殿下がお作りなされる」
和泉　「てめえ城の者は飢え死にしろってのか」
三成　「（小さく）正家、どういうことじゃ」
正家　「（小さく）戦利品もなければ殿下に顔向けできぬ」
長親　「少し黙っててくれんか丹波、和泉」
和泉　「城代も何か申せ！」
長親　「だからこれから申すところなんだって」
丹波　「何をだ！　だいたいお前がもじもじしてやがるから、わしが言ってやっておるのだろうが！」

靭負　「まあまあ、長親殿が何か申されるというんですから少し黙ってましょうよ」
三成・吉継「（呆れてやり取りを聞く）」
和泉　「何を言うってんだ。また戦でもやろうってか！」
長親　「それ、それじゃよ」
「ん？」と一同、長親に注目。
長親　「石田殿よ、当主氏長が命で開城を承知し申したが、城の財の持ち出しを禁じるとあらば持たせる米がなきによって兵、領民共に飢えるほかありませぬ。飢えるほかないなら我らはことごとく城を枕に闘死致す。幸い当方には正木、柴崎、酒巻を始め武辺確かな家臣共が未だ壮健にござる。この上まだ戦がし足りぬと申されるなら存分にお相手いたす故、直ちに陣に戻られ、軍勢を差し向けられよ！」
家臣から歓声とどよめきの声。

○　同・廊下

甲斐姫　「（盗み聞きしていて、無言で喜ぶ）」

○　元の大広間

吉継「（正家に）おのれが引き起こしたことじゃ、おのれが収めよ」
正家「（うろたえている）」
丹波「返答せよ！（と正家をぐいと睨む）」
正家「忍城、所領の財は持ち出し勝手とする」
長親「いや、当方は既に戦に決した」
正家「勝手と申しておるではないか！」
長親「そう申されるな。城の財が欲しくば腕ずくで取られるがよい」
正家「ぐ（と言葉に詰まる）」
三成「（笑って）成田殿」
長親「ん？」
三成「そういじめんでくだされ。殿下が申されておるのは開城のことのみでござれば、他のことは無用かと存じまする」
長親「（あっさりと）左様か。ならば当方からも開城の条件を二つ」
正家「敗軍の将が条件をつけるか！」
長親「うん？（と正家を見て圧殺する）」
三成「申されよ」
長親「あの二度目の戦で撒き散らした土俵ですな。あれを片付けていってもらいたいんじゃ。百姓の皆が田植えができぬでな」

家臣たちから笑いが起きる。

三成「（笑って）心得た。二つ目は」

長親「貴殿の軍勢には降った百姓を斬った者がおる。その者の首を」

三成「何と、許しがたいな。どの家中だろうが必ず見つけ出して首を刎《は》ねる。承った」

長親「（意外な反応に驚き、微笑む）」

吉継「（小さく三成に）例の件を」

三成「そうか。一つ条件が残っておった」

長親「なんですかな」

三成「氏長殿の娘、甲斐姫を殿下のお傍に置かれるよう」

長親「（甲斐姫が聞いているであろう襖の方を見て）承知した」

○　同・廊下

甲斐姫「（はっとなり、廊下を駆け去る）」

○　元の大広間

三成「これですべてにござる」

長親「ではこれにて（と先に立とうとする）」

三成「成田殿」

長親「うん？」

三成「その腕は戦の手傷でござるか」

長親「（座り直し）いやいや、わしゃ矢弾が苦手でな、丹波の奴が戦に出してくれぬ。せめて家臣共の慰みに田楽踊りなどしておったら、やられてしもうた（と笑う）」

三成「あれはやはり貴殿か（吉継を見ながら笑い）正木殿が戦に出さんとな（と丹波を見て）佐間口の守将、正木丹波殿でござるな。大蔵少が手酷くやられたとか」

丹波「いや当方も難儀致した（と正家を見る）」

正家「（皮肉が効く）」

三成「そちらの若武者は我が敵酒巻殿ですな」

靭負「ええ」

三成「お若いが相当な手だれですな」

靭負「その言葉を敵将から頂くとは（と感激）」

三成「貴殿ほどの将は殿下の直臣にもおらぬ」

靭負「ま、戦の天才ですから」

三成「（笑って）殿下も認める武辺者、大谷吉継を破った柴崎殿は」

和泉「ようやくかい。俺だ」
三成「武功一等は貴殿であろうか。なんせ、この大谷は忍城攻め最強の軍団を自ら任じておるでな」
吉継「いかにも」
和泉「（丹波に）だってよ」
丹波「わかったよ」
三成「成田殿、田楽踊りは策でありましたな」
長親「さあ（と微笑む）」
三成「（微笑んで）では、これにて」
　立ち上がる三人、襖の方へ。
丹波「しばらく！」
三成「（立ち止まり）うん？」
丹波「北条家の支城はいくつが残ったのだ」
三成「ご存知なかったか。この城だけだ、落ちなかったのは（と一同に）この忍城攻め、当方には甚だ迷惑ながら、坂東武者の武辺を物語るものとして百年の後も語り継がれるであろう。良き戦であった！」
　忍城の者共「応！」と叫ぶ。

○　城外の田圃の道
　　馬上の三成、吉継、正家が兵を従え丸墓山に向かっていく。
正家「先に行く（と憮然と馬を速める）」
三成「（見送って）負けた、負けた！　完敗じゃ」
吉継「未だにわからぬ。なぜあの総大将がああも我の強い侍大将共を指揮できるか」
三成「できないのさ。それどころか何もできないいんだ。それがあの成田長親の将器の秘密よ。家臣共が何かと世話を焼きたくなる、そういう男なんだよ、あの男は。あの者共は兵も領民も一つになっておる。利で繋がった我らが勝てる相手ではなかったのだ（と考え）刑部よ」
吉継「うん？」
三成「わしには軍略の才がないとわかった」
吉継「ならば今後は理財に生きるかね」
三成「いや、いずれ我が所領の半分を割いてでも天下一の武辺者を家臣の列に加え、天下一の大戦を指揮してみせる」
　　その三成の顔。
字幕「石田三成は、その後近江水口四万石の半分を割いて天下一の謀将といわれた島左近を招いた。秀吉の死後、徳川家康に対抗して関ケ原の大戦を画策するが敗走。

吉継　近江で捕らえられ、京・六条河原で斬首」
　　「やめとけ、無理するな」
　　　吉継の顔。
字幕「大谷吉継は、関ケ原で敗戦を覚悟しながらも長年の友誼《ゆうぎ》から三成方に加勢、闘
　　死した」
　　　正家が馬を走らせる。その正家の顔。
字幕「長束正家も、関ケ原で三成方へ加担。一兵も動かさず敗走後、居城に逃れ自
　　害」

○　忍城本丸の居館・大広間
　　　依然、三成たちが帰った時の状態。
長親「（ゆっくりと立ち上がり）皆、縁があればまた会おう」
　　「応」との家臣の声の中、去る長親。

○　本丸の城塀際
　　　甲斐姫が塀に顔を隠して泣いている。

鞆負　「（来て甲斐姫の肩にそっと触れる）」
甲斐姫　「（振り返り）あの男、兵糧を持ち出すか否かにはあれほど食い下がったくせに、わしのことはあっさりと飲みおった」
鞆負　「よほど惚れておられるのですな」
甲斐姫　「嫌いじゃ、あんな奴」
鞆負　「姫よ、いずれ猿めに抱かれるのじゃ。心底惚れた男にまずは抱かれよ」
甲斐姫　「そうする（とあっさり立ち上がり）わしはな鞆負、猿めの骨をも蕩《とろ》かし、寝所にて奴の所領を奪い取ってやるわい（と行くが振り返り）お前も馬鹿！」

その甲斐姫の顔。

字幕　「甲斐姫は、その後大坂城で暮らした。『藩翰譜《はんかんふ》』によると、秀吉の寵愛《ちょうあい》浅からず、父・氏長のために下野《しもつけ》（現在の栃木県）烏山《からすやま》三万石を秀吉に割かせた。大坂落城の際は豊臣秀頼の子・国松丸と娘を伴い脱出したが、その後はわからない」
鞆負　「（甲斐姫を見送り）ほんと俺も馬鹿だね」

その鞆負の顔。

字幕　「酒巻鞆負は『成田記』『関八州古戦録』共に、下忍口での奮戦を伝えるのみでその後は不明」
和泉　「（馬上で鞆負の傍を通りかかる。朱槍を持っている）鞆負、振られたか！」
鞆負　「（答えず）皆朱《かいしゅ》の槍じゃないですか」

和泉「丹波が漸く寄越しおったわ（と馬首を巡らし）あばよ！」
その和泉の顔。
字幕「柴崎和泉守も、『成田記』『関八州古戦録』共に長野口での奮戦を記すのみでその後はわからない」

○三の丸・櫓の上

長親を背負って上ってくる丹波。
丹波「（長親を下ろすと、自分ははしごを下りながら）惚れてたんだよな、姫に」
長親「（微笑してうなずく）」
丹波「ならいいんだ（と下りていく）」

○佐間口付近・寺の前

寺の前に馬で差し掛かる丹波。
和尚「おい、正木のガキ大将」
和尚はたへえとちよ、かよを連れている。
丹波「おう、じい様、嬢、世話になったな」

かよ　「（たへえを差し置いて）いいんだよ」
かぞう　「おーい（と佐間口の方から来る）」
「あ」と気付く家族たち。
丹波　「（かぞうを見て）誰だあれは」
かよ　「お父だよ」
丹波　「（うなずき、特に何も言わない）」
ちよ　「（かぞうに抱きつく）」
和尚　「（丹波に）これからどうする」
丹波　「侍をやめる。この佐間口の地に寺でも建てて戦で死んだ者共の供養に生きる」
和尚　「商売仇《がたき》かよ」
丹波　「そういうことだ（と大笑する）」
その丹波の顔。
字幕　「正木丹波守利英は、忍城攻めが終わったその年、佐間口の地に高源寺を開基。『高源寺碑文』によると、武士をやめ彼我の戦没者の供養に当たったという。しかしその翌年死んだ」

○　三の丸・櫓の上

城外を見渡す長親。敵兵たちが土俵を取り払い、田圃を蘇《よみがえ》らせつつある。
城の各口からは百姓たちが荷車に米俵を載せて出て行くのが見える。
長親の顔。

字幕「成田長親は、家臣の再雇用斡旋《あっせん》に努めた。成田家の戦を評価した徳川家康がその多くを召抱えたという。その後は城主成田氏長に従い下野烏山に行くも、氏長と不和になり退転。『成田系図』によると、氏長の詫《わ》びを聞き入れず剃髪《ていはつ》、自永斎と号した。その後は尾張に住み一六一二年六十七歳で死んだ。その子孫は代々尾張徳川家に仕えたという」

○　戦国時代の忍城の全景

字幕「忍城は、その後何度か主を替え、松平氏の時に維新を迎えた。現在では、城は取り壊され湖も埋められ当時を偲《しの》ぶものはほとんど残っていない。三成の造った人工堤の一部が石田堤として現存するのみである」
全景の範囲はどんどん広くなり、やがて城を挟む利根川と荒川も取り込み、関東平野に広がっていく。

対談

映画『のぼうの城』主演

野村萬斎×和田竜

和田　今日の対談までに、『のぼうの城』を試写室でのゼロ号上映とＤＶＤとで2回見ました。見る間が空くと、何だかまた見たくなってくる。原作者の立場でなくても繰り返して見てみたい、すごく面白い映画でした。

野村　ありがとうございます。

和田　僕は脚本家でもあるので客観的に見るのは難しいんですけど。この作品には後世に残るような、映画の芽があるように思いました。その要因の一つが萬斎さんの演じられた、成田長親の圧倒的な説得力でしょう。

野村　役づくりは、どうしようかと思いましたね（笑）。

和田　そうですよね。あのキャラクターだと、どうしていいのかという（笑）。

野村　『のぼうの城』は小説化される前に、主演のオファーがあり、脚本を先に読ませていただきました。人々に愛されている、みんなに気にかけられている、でくのぼう。何度読んでも……長親がどういう男なのか、ニュアンスも雰囲気も、よくわからないなー。

和田　あははは！

野村　小説を読ませていただいても、全然つかみどころがなくて弱りました。もちろんいい意味ですよ（笑）。長親がとても魅力的なのはわかるんですが。生身の人物として演じるには、どうしたらいいのかなって。

和田　そこは、お訊《き》きしたかったんですけど。小説も、のぼう＝長親が何を考えているか基本的には書いてません。長親が何か頓狂《とんきょう》なことを言って、丹波（佐藤浩市）がギョッとしたり。周りの人間たちの反応が、スポットライトのように長親を照らして、彼の人格が立体的に浮かんでくるような描き方をしています。作者の僕も、長親の思考が何なのかわからずに書いてるシーンもあります。のぼうの描き方は、それでいいんだと思う。誰にもつかみどころがないままでいいんです。でもそれは作者の理論であって。役者は、演じる人物がどういう思考をしているか理解していないと、演じられないでしょう。

野村　そうですね。

和田　正しい解釈が何も描かれていない長親を、どう演じられたんでしょうか？　実は脚本を書いてる時点で、この映画は長親をやる人が一番困るだろうなと思ってました。

野村　はい、困りました（笑）。だけど撮影の2日目、丹波の馬に乗せられて城に戻ってくる前半のシーンで、わかったんです。世話焼きの丹波に、青二才な靭負（成宮寛貴）と血気盛んな和泉（山口智充）、男勝りな甲斐姫（榮倉奈々）など、メインの登場人物たちに囲まれて「ああ、ここにいればいいんだな」と。長親の居場所が自然に空いているというか。撮影の前は、どう声を出せばいいか、どう動けばいいのかばかり考えていましたが、彼らの中にいて何もしないけどいることが、長親なんだと気づいたんです。ぎろりと目を剝《む》こうとか、たまには格好つけて威厳を見せようとか、いろいろプランは考えていたんですけど。丹波や和泉や、周りの武将が全部やってくれるよなと（笑）。何にもしないという役目が見えた瞬間、楽になりました。そこがわかったら、あとは水を得た魚です。忍城のなかでポッと空いているスポットの泳ぎ方を、長親が教えてくれました。

和田　なるほど。その感覚は僕もわかります。脚本を書いてるとき、長親が何を考えているかは気にしませんでした。『のぼうの城』の物語全体が、長親の行動を決めるみたいな感じがあって。自分で正解を見つけるというより、何かに導かれて書き上げたような感触があったのを、いま話してて思い出しました。

人に軽く見られるのが名将の器

野村　長親は本当に不思議な人物ですね。周りの武将も民衆も、彼が大人物なのかどうか半信半疑なのに、なぜかついていってしまう。彼のすごさは、何でしょう？

和田　シンプルに「人からなめられる」ところじゃないでしょうか。軽く見られるんです。

力で屈服させられるのに、あえて格下の相手から軽く見られるというのは、相当に器が大きい証拠でしょう。軽く見られるから人々からも愛される。長親が農民たちを惹《ひ》きつけるのは采配の才能ではない。誰からもなめられまくる（笑）あの軽さだと思います。

野村　軽いから、人の心にも入っていけるんですね。戦《いくさ》に抵抗していた農民たちが、「のぼう様が決めたなら仕方ねえ。応援してやらなくちゃ」と、一斉に支持にまわるシーンは素晴らしい。何故かは良くわからないけど長親が民衆を動かす何かを持っていることを、よく表しています。

和田　麦踏みでひっくり返って、上等の着物が泥だらけになる。ああいうブザマなことを計算じゃなくやれてしまう。

野村　まるで天然。

和田　そして誰も期待していない（笑）。期待されないというのは、長親を語るうえでとても重要なことです。期待をする人って、たいていダメになるじゃないですか。どこかでボロが出て、結果が期待はずれで終わる。期待してないぐらいに軽く見てる人が、意外と最良の決断をしたり、頼りになる場合が多いんです。本当に優れた指導者って、そういう人でしょう。

野村　やるんだったら応援してやらないわけにはいかないと思わせるのも、のぼう様の魅力ですよね。その魅力って何だろう？　と僕は模索していたんですけど……丹波や

和田　和泉に囲まれていると、考えるだけ無駄かもしれないと思うようになりました（笑）。理詰めでとらえられる人物ではないですね。武将以外の農民や足軽たちが、どういう人物ならついてゆきたいかを考えると、やはり長親のような人物しかいない。作家の計算でつくりだしたら、彼は出てこなかったかもしれません。

野村　僕がパッとイメージで思い浮かんだのが、全盛期の長嶋茂雄です。

和田　なるほどね！

野村　何がどうすごいのかよくわかんないけど、なぜかついていってしまう魅力とか（笑）、無条件にみんなに愛されるとか。全部あてはまりませんか？

和田　でも長嶋は実力がなかったわけじゃなくて、いちおう球史に残る、すごいバッターだったじゃないですか（笑）。

野村　そうですけど、天覧試合でホームランを打ったりとか、ミラクルの伝説が半端じゃないところも何だかのぼうっぽい。コメントとか全然、理路整然としてなくて。むしろ周りを困らせますよね（笑）。メイク・ミラクルとか言って、皆が「?」になっていると本当に優勝してしまうような。だけどカリスマ性があって、存在自体がミラクル。

和田　長嶋も天性の長親タイプの将だったかもしれませんね。

歴史上の人物を表現するには役者の器が問われる

和田　本人に直接お伝えするのは、恥ずかしいですけど。スクリーンの中で長親を見たとき、野村萬斎という役者がこの年齢で21世紀に生きていてくれてよかったと、真剣に思いました。もし他の俳優さんだったら、凡庸な作品に終わっていたかもしれない。それぐらい素晴らしかったです。

野村　感無量です。犬童一心・樋口真嗣両監督にもお伝えしたいです。実はけっこう不安だったんですよ。

和田　というのは？

野村　小説ではのそっとした長身の大男と描かれているでしょう。僕はのそっとも大柄でもないので、イメージとは違うんじゃないかと……気になってネットで検索したら、やはり「イメージと違う！」「長親じゃない！」とか書かれていて、少し落ちこんでました。

和田　萬斎さんでもネットの意見を気にされるんですね（笑）。

野村　僕は小説化の前から、キャスティングされているんだ！　と叫んでいました（笑）。でも和田さんのように褒めてくださる方も多くて、ホッとしました。見た目のイメージは、役者が気にすることじゃないんですよね。映画『陰陽師』で演じた安倍晴明も、原作では長身の男だったんですけど。共演の伊藤英明くんの方が全然、背が高かった（笑）。

和田　外見のイメージが合うとか合わないとか、映画のクオリティにはあんまり関係ないです。例えばオリバー・ストーン監督の『ニクソン』は、面白かったけど、あそこまでこだわりすぎると、金のかかったモノマネ大会になっちゃう。歴史上の人を表現するのって、姿かたちを似せることではないと思う。もし武田信玄の映画をつくるときに、武田信玄そっくりの役者探しを優先すると、まず失敗するでしょう。映画には、役を演じるのに足りる、役者が本質的に持っている風韻こそが重要です。その点では長親を演じるのに、萬斎さん以外の適役はいないでしょう。

田楽踊りのイメージはあの名作映画から

野村　今回は〝田楽踊り〟が脚本にあるので、狂言師の僕がキャスティングされたのかなと思ってました。

和田　いえいえ。プロデューサーにも聞きましたけど、踊りがあってもなくても長親は野村萬斎さんしか思いつかなかったそうですよ。逆に、そういや萬斎さんって舞ができるよね？　ってぐらいだったとか。

野村　ありがたい言葉ですね。しかし田楽踊りは……悩みました。作詞もメロディーラインも振り付けも僕に任せていただいたんですが。2万の敵兵をひとりであっという間に魅了する踊りって、どんなんだろう？　と。長親は僕を悩ませてばっかりでしたよ。

和田　あははは！

野村　脚本には「豊作を祈願するその踊りはとっても卑猥《ひわい》である」としか描かれていない。

和田　あそこは脚本家の特権で、まっしぐらに逃げましたね（笑）。

野村　頭を抱えました（笑）。でもアイディアを練るのは楽しかったです。創作意欲をかきたててくれるシーンでした。二万の男を一人で魅了するには、エッチな下ネタしかない！　しかも、長親のこの世ならざる鬼気も表現した田楽踊り。僕なりに工夫したので、ぜひスクリーンで確認してほしいです。

和田　少し怖いぐらいの迫力がありました。

野村　長親の周りの湖面の水蒸気が、幽鬼が立ち上っているように見えて、監督ほか現場のスタッフも感嘆していましたね。顔の白塗りメイクも、僕のアイディアです。F・コッポラ監督の『地獄の黙示録』をイメージしました。

和田　おお、ウィラードですか。

野村　『バットマン』のジョーカーみたいという声もありました。

和田　それも面白い！

野村　長親の悪魔的な一面を表す、重要なシーンになりました。けっこう長時間、舟の上で踊っていたんですけど。完成版を見てみたら、あれ？　というぐらいカットされていた。

和田　そうだったんですか？　残念ですね。フルバージョンで見てみたい。

野村　ＤＶＤが出たら、映像特典に入れて欲しいです（笑）。

原作者のイメージを超えた長親の返事

野村　長野口や佐間口での最初の激突シーンは、試写室ではいち観客として見入ってしまいました。城の周りの空間は広いのに、緊張感みなぎる戦場が水田に囲まれた細い道上だけという。ああいう状況だと、少ない兵と何十騎もの兵との互角の戦いが成立しますよね。見せ方が考え抜かれているなと思いました。

和田　これまでの映画でも合戦は描かれてきましたが、人が多いと何が何だかよくわかんないでしょう。『のぼうの城』は、人物の誰も埋もれさせたくないので。戦っている武将の顔がきちんと見える合戦シーンをつくろうと、考えたのがあの見せ方です。

野村　でも長親は、城の中にいるだけで。

和田　肝心の合戦なのに、蚊帳《かや》の外（笑）。戦場の前線で八面六臂《はちめんろっぴ》の活躍をしてもらっては困る人物でもありますしね。そう描きたい欲求に何度もかられたんですけど。長親の魅力が、破綻してしまいます。彼を無敵にしないよう、筆を抑えるのは辛かったです。

野村　活躍させたいのに、あえて活躍させないという。

和田　長親の人物像は、そうやって僕の中で固まっていたんですけど。戦況の報告を受けるシーンで、「ハイッ！」と返事するでしょう。あの間抜けな声の感じは、予想外でした。あれはどこの劇場でも大爆笑でしょう。僕はもっと重々しいトーンの「はい」をイメージしていたのに。

野村　す、すみません。

和田　いやいや、よかったんです（笑）。あの返事を聞いたときに、これが長親だ！　と思いました。そうか、この男なら間抜けな返事をするよなと。長親の面白さが、何倍にも膨らみました。あと豊臣軍側との交渉の場で、ネコみたいにカーッ！　と威《い》嚇《かく》したりとか。萬斎さんの芝居は、ほとんど僕のイメージしていたのと違うものばかりだったんです。

野村　あははは！　大変、失礼しました（笑）。僕が仕掛けると監督たちが大ウケするので、図に乗ってやりました（笑）。

次回作では野村萬斎に悪役を演じさせたい

和田　ズレていたイメージがだんだん、物語が進むにつれて整合性をもって繋《つな》がっていって。気づいたら萬斎さんの振る舞いすべてが、長親そのものでした。一流の役者ってすごいなと。映画の奇跡を感じました。他には合戦シーンの、スローモーションに切り替わる演出とか。僕のイメージを超える場面がいくつもあって、原作者冥利《みょうり》につきる映画です。本当に、映像化して良かった。

野村　和田さんにそう言っていただけたら、出演者やスタッフみんなが喜びます。

和田　将来は、いちど萬斎さんが悪役の主演作をつくってみたいですね。

野村　面白そうですね！　つい最近、舞台『藪原検校《やぶはらけんぎょう》』で悪役を演じさせていただきました。今後は悪役の演技を深めてみたい気持ちもあります。

和田　戦国時代に松永久秀という武将がいたんですけど、すごい悪い奴なんです。蓑《みの》踊りと称して、百姓に蓑をかぶせて踊らせて、そのまま火をつけて大笑いしてたとか。

野村　うわあ、悪いですね。

和田　独善的で、平気で人を裏切る。最期は爆死するという、壮絶な武将です。エクスキューズなしに人を殺せる、徹底した悪人。その異常性に僕は人の不思議さというか、変に惹かれる部分がありますね。

野村　北野武さんの演じた大久保清なんかも、印象的でしたね。怪物のような悪人が主人公の物語は、名作のラインのひとつでしょう。

和田　『のぼうの城』と同じ顔ぶれで、松永久秀の映画をつくれたら最高ですね。萬斎さんには映画史に残る、極悪の武将を演じていただきたいと思います。

野村　ぜひやってみたいですね。実現できるのを楽しみにしています！

（構成／浅野智哉）

装画　オノ・ナツメ
装幀　山田満明

和田竜

Ryo Wada

和田竜（わだ・りょう）
１９６９年大阪府生まれ。早稲田大学政治経済学部卒業。２００３年脚本「忍ぶの城」で城戸賞を受賞。07年に同作と同内容の小説「のぼうの城」を刊行し、作家デビュー。他に「小太郎の左腕」など。

のぼうの城オリジナル脚本完全版

二〇一二年九月十六日　初版第一刷発行

著　者　和田　竜
発行者　稲垣伸寿
発行所　株式会社小学館
〒一〇一－八〇〇一　東京都千代田区一ツ橋二－三－一
編集　〇三－三二三〇－五七二〇
販売　〇三－五二八一－三五五五

DTP　株式会社昭和ブライト
印刷所　大日本印刷株式会社
製本所　牧製本印刷株式会社

ISBN 978-4-09-388269-9